소중한 _____ 에게

_____ 가(이) 선물합니다.

_____

허클베리 핀의
모험

마크 트웨인 지음

미국에서 태어났으며 본래 이름은 사무엘 랭혼 클레멘스입니다.
네 살 때 아버지를 따라 미시시피강 근처로 이사를 했으며 어른이 되어 미시시피강
안내원이 되었습니다. 그때 배가 지나갈 수 있는 물의 높이가 되면 "마크 트웨인! 마크 트웨인!" 하고
소리를 치곤 했는데, 그 말이 무척 좋아서 마크 트웨인을 글 쓸 때 쓰는 이름으로 삼았습니다.
마크 트웨인은 광산 기사, 신문기자로 일하면서 틈틈이 글을 썼습니다. 대표작으로 「어린 시절」,
「톰 소여의 모험」, 「미시시피강의 생활」, 「허클베리 핀의 모험」 등이 있습니다.

양재홍 엮음

경상북도 예천에서 태어나 추계예술대학교 문예창작학과에서 문학 수업을
받았습니다. 1994년 문화일보 하계 문예 공모에 동시 「하늘소」가 당선되어 등단했습니다.
그동안 그림 동화 「재주 많은 다섯 친구」, 동시집 「붕어빵 아저씨 결석하다」 등에 글을 썼으며,
「아동문학평론」 신인상과 제2회 눈높이아동문학상을 받았습니다. 지금은
청소년 문학원을 운영하면서 아동 문학에 열중하고 있습니다.

2023년 2월 25일 2판 8쇄 **펴냄**
2011년 8월 25일 2판 1쇄 **펴냄**
2006년 6월 25일 1판 1쇄 **펴냄**

펴낸곳 (주)효리원
펴낸이 윤종근
지은이 마크 트웨인
엮은이 양재홍 · **그린이** 장인한
등록 1990년 12월 20일 · **번호** 2-1108
우편 번호 03147
주소 서울시 종로구 삼일대로 457, 406호
전화 02)3675-5222 · **팩스** 02)765-5222

ⓒ 2006 · 2011, (주)효리원

이메일 hyoreewon@hyoreewon.com
홈페이지 www.hyoreewon.com

허클베리 핀의
모험

마크 트웨인 지음
양재홍 엮음 / 장인한 그림

 효리원
hyoreewon.com

"미국의 모든 현대 문학은 마크 트웨인이 쓴 『허클베리 핀의 모험』이라는 책 한 권에서 비롯되었다."

이 말은 명작 『노인과 바다』로 유명한 미국의 작가 어니스트 헤밍웨이가 한 말입니다. 헤밍웨이 외에도 뛰어난 작가들이 마크 트웨인의 소설에서 많은 영향을 받았다고 고백했습니다.

이렇듯 모두가 인정하는 '미국의 셰익스피어' 마크 트웨인은 세계에서 가장 폭넓은 독자층을 확보하고 있는 작가입니다.

'사무엘 랭혼 클레멘스'라는 본명을 가진 마크 트웨인은 미국에서도 가장 큰 강인 미시시피 강가에서 어린 시절을 보냈습니다.

열두 살 때 아버지마저 세상을 떠나자 마크 트웨인은 안 해 본 일이 없을 정도로 여러 가지 일을 하게 됩니다. 그러다가 그는 미시시피강의 수로 안내원이 됩니다. 그때의 경험은 마크 트웨인이 세계에서도 손꼽히는 작가가 되는 데 큰 도움이 되었습니다.

학교에서 정규 교육을 받지는 못했지만, 거친 자연과 숱한 사람들을 겪으면서 마크 트웨인은 세상의 비밀을 가슴 깊이 새기게 되었습니다. 그는 특히 속마음을 숨기고 거만을 떠는 세상과 사람들의 위선을 파헤치고 조롱하는 데 탁월한 장기를 발휘하였습니다.

마크 트웨인의 작품에는 허클베리나 톰 소여처럼 겉보기에는 불량기가 철철 넘치는 주인공들이 나옵니다. 거친 말투, 거짓말, 도둑질에, 필요하다면 술과 담배까지 챙기는 주인공들이지요. 그래서 마크 트웨인의 명작들이 한때는 청소년들이 읽어서는 안 될 금서가 된 적도 있습니다. 하지만 마크 트웨인이 창조한 주인공들은 누구보다도 마음씨가 착하답니다. 세상을 있는 그대로 보고 말할 줄 아는 정직한 눈과 입을 가졌으며, 거친 세상을 이겨 내는 강인함도 갖추었습니다. 게다가 불쌍한 사람들을 진심으로 사랑할 줄 아는 너그러움도 지녔습니다.

여러분도 하던 일을 잠시 미루고 허클베리이 뗏목에 올라타 보세요. 신비로움으로 가득한 세상을 만나게 될 것입니다. 그리고 갖가지 사연을 가진 사람들과 친구가 되어 보세요. 허크와 함께 시체가 누워 있는 관 속에 금화 자루를 숨겨 보세요. 그 느낌은 어떨까요?

모험을 잃어버리고 공부에 갇혀 버린 여러분에게 마크 트웨인의 작품은 웃음과 생기를 되살려 줄 것입니다. 자, 이제 푸른 물결이 넘실거리는 미시시피강으로 떠나 볼까요!

엮은이 양재홍

| 차례 |

따분한 나날들

내 이름은 허크. 『톰 소여의 모험』을 읽은 사람이라면 나를 잘 알고 있을 것이다. 하지만 나를 몰라도 이 책을 읽는 데는 아무 지장이 없을 테니 걱정하지 않아도 된다.

『톰 소여의 모험』 마지막 부분에서 내 친구인 톰과 나는 도둑들이 동굴 속에 숨겨 둔 금화를 찾아내 큰 부자가 되었다. 그 돈은 자그마치 1만 2,000달러나 되었다. 둘이 똑같이 나누어서 내 몫은 6,000달러였다. 정말로 상상도 할 수 없을 만큼 큰돈을 손에 넣고 보니 나는 덜컥 겁이 났다.

"톰, 이 돈을 어떻게 하면 좋을까!"

"글쎄⋯⋯."

톰과 나는 머리를 맞대고 심각한 고민에 빠졌다. 한동안 고민한 끝에 우리는 좋은 방법을 생각해 냈다. 그것은 대처 판사님에게 돈을 모두 맡기고 이자를 받아 쓰는 것이었다. 대처 판사님은 마을에서 가장 믿을 만한 사람이었다.

우리가 돈을 들고 찾아갔을 때 대처 판사님은 흔쾌히 돈을 맡아 주겠다고 했다.

"잘들 생각했다. 어린아이들이 이렇게 큰돈을 지니고 있는 건 여러 가지로 좋지 않아. 너희들이 클 때까지 내가 잘 맡아 두고, 이자가 나오면 꼬박꼬박 챙겨 줄 테니 아무 걱정 마라."

돈을 처리하고 나니 나는 골치 아픈 문제를 해결한 듯 홀가분해졌다. 그런데 즐거운 기분이 채 가시기도 전에 나에게 아주 큰 고난이 닥쳐왔다. 더글라스 할머니가 나를 데려다 키우겠다고 나선 것이다. 그 할머니는 남편이 죽은 뒤 혼자서 외롭게 살고 있었다.

"집도 없는 아이를 계속 거지처럼 떠돌아다니게 할 수는 없어요. 이제부터는 내가 허크를 아들로 삼아 잘 보살펴 줄 거예요."

할머니의 말에 마을 사람들은 하나같이 입을 모아 잘된 일이라고 했다. 할머니가 베풀어 준 친절한 마음을 잊어서는 안 된다고도 했다.

하지만 나는 그럴 마음이 전혀 없었다. 나는 자유롭게 떠돌아 다니는 생활이 무엇보다 좋았다. 이제 자유를 빼앗긴다고 생각 하니 한숨이 절로 나왔다.

더글라스 할머니는 아주 깐깐한 사람이었다. 그 집에서 생활 하는 첫날부터 나는 무엇이든 정해진 규칙대로 움직여야만 했 다. 정해진 시간에 잠자리에 들어야 했고, 정해진 시간에 일어 나야 했으며, 식사 시간을 알리는 종소리가 나면 곧바로 식탁에 앉아야 했다. 식탁 앞에선 배가 고파도 꾹 참고 한동안 이어지 는 할머니의 기도를 들어야 했다.

하루하루가 따분하고 재미 없었다. 깃이 빳빳하게 손질된 말 끔한 옷차림도 나를 숨막히게 했다.

'아! 정말 못 참겠어. 계속 이렇게 지내다간 미쳐 버릴 거야.'

나는 더 이상 견딜 수가 없어서 집을 뛰쳐나왔다. 입고 있던 새 옷을 벗어던지고 낡은 누더기를 걸쳤다. 그러자 막혔던 속이 뻥 뚫린 것처럼 시원했다.

며칠 동안 나는 마을 사람들에게 붙잡히지 않으려고 숲속에 숨어서 여기저기 돌아다녔다. 종소리가 나지 않아도 배가 고프 면 아무 때나 나무 열매를 따 먹고 배를 채웠다. 피곤하면 동굴 이나 빈 통나무집을 찾아서 실컷 잤다. 다시 찾은 자유는 나에게 예전에 누렸던 행복을 새롭게 안겨 주었다.

그러던 어느 날, 숲속에서 톰을 만났다. 톰은 나를 보자 몹시 반가워하며 달려왔다.

"허크, 널 얼마나 찾았는지 몰라. 나랑 같이 마을에 돌아가서 다른 아이들이랑 산적놀이하자."

"그래?"

나는 잠깐 동안 망설였다. 사실 자유를 찾아서 기쁘긴 했지만 친구들과 어울리지 못해 좀 심심했던 게 사실이었다.

하지만 마을로 다시 돌아가려면 자유를 포기하고 더글라스 할머니 집으로 들어가야 했기 때문에 쉽게 결정할 수가 없었다.

"좋아. 같이 갈게!"

결국 나는 톰의 말을 따르기로 했다. 더글라스 할머니 집에 들어서자마자 숨이 턱 막혀서 바보 같은 결정을 내렸다고 후회했지만 이미 늦은 일이었다.

"길을 잃었던 나의 어린 양이 이제야 돌아왔구나!"

할머니는 나를 보고 눈물까지 흘리며 기뻐했다. 그 순간부터 나의 따분한 생활이 또다시 시작되었다. 할머니는 전과 똑같은 규칙으로 나를 길들이려 했다. 저녁을 먹고 나서는 성경책을 꺼내 들고 성경 공부까지 시켰다.

"네가 글자를 완전히 깨쳐서 성경책을 읽을 수 있을 때까진 내가 직접 성경 이야기를 들려주도록 할게. 음, 오늘은 모세에 관한 얘기를 해 주마."

할머니는 모세에 관한 이야기를 자세히 들려주었다. 그것은 꽤 재미있는 이야기였지만 나는 별다른 흥미를 느끼지 못했다. 모세는 아주 오래전에 죽은 사람이었다. 나는 죽은 사람 이야기는 아무짝에도 쓸모 없는 것이라고 생각했다.

그런 시시한 이야기를 듣는 것보단 담배를 한 대 피우는 게 훨씬 좋을 것 같았다.

"저, 담배를 좀 피우고 싶은데요."

나는 담배 생각이 너무 간절해서 조심스럽게 말했다.

"뭐라고? 담배라니! 너처럼 어린애가 담배를 피우다니 말도 안 돼. 담배가 얼마나 몸에 해로운데⋯⋯. 다시는 그런 소리 하면 안 된다."

할머니는 엄하게 말했다. 나는 그렇게 해로운 담배를 어른들은 왜 피워도 되는지 물어보려다 그만두었다. 또 지루한 설교가 이어질 게 뻔했기 때문이다.

나에게 지루한 설교와 잔소리를 퍼붓는 사람은 더글라스 할머니 말고도 한 사람 더 있었다. 그 사람은 바로 더글라스 할머니의 동생인 워트슨 부인이었다. 워트슨 부인은 아직까지 시집을 못 간 노처녀였는데, 성미가 몹시 깐깐했다. 멋없이 키만 훌쩍 크고 깡마른데다 볼이 움푹 팬 생김새에서도 까다로운 성격이 그대로 느껴졌다. 게다가 부인은 굉장한 수다쟁이여서 나만 보면 끊임없이 잔소리를 늘어놓곤 했다.

"허크, 넌 어쩜 그렇게 예절을 모르니?"

"허크, 탁자에 다리를 올리면 어떻게 하니?"

"허크, 의자에 앉을 땐 자세를 바로 해야지!"

"허크, 다른 사람 앞에서 아무렇게나 하품을 하면 안 된다고 했잖아."

이렇게 쉴 새 없이 잔소리를 퍼부어도 내가 달라지지 않자 워트슨 부인은 아주 무서운 얼굴로 말했다.

"허크, 너 계속 그렇게 함부로 굴다간 나중에 죽어서 지옥에 떨어질 거야."

그 말을 듣는 순간 나는 장난기가 발동해서 얼른 맞받아쳤다.

"지옥이라고요? 난 지옥이 어떤 곳인지 늘 궁금했어요. 그곳에 꼭 가 보고 싶어요."

"오, 세상에! 넌 지금 악마의 꼬임에 빠진 게 틀림없어. 하느님! 이 가엾은 아이를 굽어 살펴 주옵소서. 허크, 얼른 무릎을 꿇어."

워트슨 부인은 얼굴이 시뻘개져서 허둥대며 말했다.

나는 하는 수 없이 부인이 시키는 대로 무릎을 꿇고 앉아 용서의 기도를 했다. 그제야 워트슨 부인은 마음이 조금 놓이는 듯 편안한 표정을 지었다. 그러고는 천국과 지옥이 어떻게 다른지를 한참 동안 설명했다. 나는 좀처럼 끝이 날 것 같지 않은 이야기를 가만히 듣고 있다가 불쑥 입을 열었다.

"내 친구 톰 소여는 천국에 갈 수 있을까요?"

워트슨 부인은 잠깐 생각에 잠겼다가 안타까워하며 대답했다.

"그런 말썽꾸러기는 천국에 가기 힘들 거야."

나는 속으로 안도의 숨을 내쉬었다. 톰 혼자만 천국에 가면 정말 큰일이기 때문이다. 톰과 내가 함께 남는다고 생각하니 갑자기 기분이 좋아져서 나도 모르게 입가에 웃음이 번졌다. 그걸 보고 워트슨 부인은 내가 자기 이야기를 재미있어 한다고 생각했는지 신이 나서 한참이나 더 길고 긴 설교를 늘어놓았다.

나는 이 재미 없는 생활이 지옥과 별로 다를 게 없다는 생각을 하면서 어깨를 축 늘어뜨린 채 오래오래 앉아 있었다.

한밤중의 외출

　어느 날 밤이었다. 저녁 식사를 끝내고 모두들 각자의 침실로 들어간 뒤였다. 나는 침대 머리맡에 촛불을 켜 놓고 울적한 기분으로 앉아 있었다. 유난히 외롭고 쓸쓸한 밤이었다. 내가 혼자라는 게 눈물이 나도록 서러워서 컴컴한 창 밖만 우두커니 바라보고 있었다.

　'이렇게 처량한 신세로 사느니 차라리 죽는 게 낫지 않을까! 내가 죽으면 누가 슬퍼해 주기라도 할까!'

　밤이 깊어 갈수록 외로움은 점점 더 크게 밀려왔다. 은은하게 쏟아지는 별빛 사이로 가랑잎이 바람에 흔들려 서걱대는 소리가 들렸다. 어디선가 부엉이 울음소리도 들려왔다.

순간, 나는 소름이 오싹 끼쳐서 몸을 움츠렸다. 창 밖에서 금방이라도 시키먼 귀신이 창을 열고 뛰어들 것만 같았다.

　'정말로 귀신이 나타나면 내 말동무가 되어 달라고 부탁해 볼까?'

　나는 그런 생각을 하다가 피식 웃어 버렸다.

　시간은 벌써 자정을 넘어가고 있었다. 괘종시계 종소리가 쥐 죽은 듯이 조용한 집 안에 댕댕 하고 열두 번 울려 퍼졌다. 나는 좀처럼 잠이 오지 않아서 계속 창 밖을 내다보았다.

　바로 그때였다.

　"야아옹, 야아옹."

　창 아래쪽에서 갑자기 고양이 울음소리가 들렸다. 나는 그게 톰이 내는 소리라는 걸 금세 알아챘다. 나는 너무 빈가운 나머지 벌떡 일어나 창가로 달려갔다.

　"야아옹, 야아아옹."

　나는 똑같이 고양이 소리로 신호를 보낸 다음, 조심스럽게 창문을 열고 밖으로 나갔다. 창 밖에 서 있는 나무를 타고 마당으로 내려서는 데 채 1분도 걸리지 않았다.

　"허크, 여기야."

　조금 떨어진 곳에 있는 나무 뒤에서 톰이 얼굴을 내밀었다.

나는 살금살금 걸어서 톰이 있는 곳으로 갔다.

"허크, 지난번에 내가 숲에 찾아갔을 때 산적놀이를 하자고 했던 거 기억나지? 오늘 밤에 모두 모여서 산적단을 조직하기로 했어. 다들 기다리고 있으니까 빨리 가자."

"좋았어."

나는 생각만 해도 신이 나서 벙실벙실 웃으며 말했다.

우리는 발소리를 죽이고 마당을 가로질러 갔다. 그런데 마당 끝까지 거의 갔을 때 내가 그만 나무뿌리에 발이 걸리고 말았다.

"어이쿠!"

나도 모르게 큰 소리를 내는 바람에 우리 둘은 깜짝 놀라 바닥에 납작 엎드렸다.

"누구야?"

부엌문 앞쪽에서 굵은 목소리가 들려왔다. 짐이었다. 짐은 워트슨 부인이 데리고 온 흑인 노예였다.

우리는 숨소리도 내지 않고 가만히 있었다. 짐은 목을 길게 빼고 여기저기 두리번거렸다. 그러다 걸음을 옮겨 우리 쪽으로 한 발 한 발 다가왔다. 나는 심장이 터질 것처럼 떨렸다.

짐이 점점 가까이 다가오는데 갑자기 발등이 가려웠다.

벅벅 소리 나게 긁고 싶었지만 꼼짝을 할 수 없었기 때문에 이

를 악물고 참아야 했다. 그러자 이번에는 귀 뒤쪽과 코끝이 차
례로 가려웠다. 나중엔 몸 전체가 다 가려운 것 같았다. 정말 참
을 수 없을 만큼 고통스러운 순간이었다. 하지만 짐이 바로 앞
에 와서 서성대고 있었기 때문에 끝까지 참아야만 했다. 온몸에
하도 힘을 주어서 눈물이 다 날 지경이었다. 나는 정말 울고 싶
었다.

"이상하다. 분명히 무슨 소리가 났는데……. 혹시 모르니 여
기서 지키고 있어야겠다."

짐은 그 자리에 쭈그리고 앉았다. 그러더니 얼마 지나지 않아
요란하게 코를 골기 시작했다. 그 즈음 내 가려움증도 말끔히
가셨다. 우리는 눈짓을 하며 천천히 몸을 일으켰다.

"히크, 짐을 나무에 묶어 놓으면 재미있을 것 같지 않아?"

톰이 장난기가 발동한 얼굴로 말했다.

하지만 나는 급히 손사래를 쳤다.

"절대 안 돼. 짐이 놀라서 소리라도 치면 내가 몰래 빠져나온
게 들통난단 말이야."

내 말에 톰은 무척 아쉬워하는 표정을 지었다.

"그럼 부엌에 가서 양초나 몇 자루 더 가져와. 다른 애들한테
나눠 주려면 내가 가진 걸로는 부족할 거야."

톰은 짐을 흘낏거리면서 내 등을 떠밀었다.

나는 조심스럽게 부엌문을 열고 들어가 양초 세 자루를 들고 나왔다. 그때 톰은 짐 옆에 서 있었다.

무언가 일을 꾸미려는 게 틀림없었다. 내가 불안한 얼굴로 다가가자 톰은 눈을 찡긋하고는 짐의 모자를

벗겨 나뭇가지 위에 걸었다. 그러고 나서 짐의 어깨를 살짝 흔
들어 보았다. 짐은 깊이 잠들었는지 깨어나지 않았다.

"톰, 그만 하고 빨리 가자."

나는 톰을 잡아끌고 아이들이 기다리는 곳으로 갔다.

언덕을 지나 그 아래쪽에 있는 강기슭으로 내려가 가죽 공장
의 빈터까지 갔다. 그곳에서는 조와 벤을 포함해서 모두 다섯
명의 아이들이 기다리고 있었다.

"자, 다들 양초에 불을 켜 들고 나를 따라와."

톰이 양초를 나누어 주면서 말했다.

우리가 톰을 따라 간 곳은 을씨년스러운 동굴 속이었다. 그곳
에서 우리는 산적단을 조직하기로 하고 서약식을 했다. 톰이 써
온 서약서에는 동료를 배신하면 그 가족을 모두 죽인다는 무시
무시한 내용도 있었다. 나는 가족이 없었기 때문에 대신 워트슨
부인을 죽이기로 했다.

"이제부터 우리 산적단은 무슨 일을 하게 되는 거야?"

벤이 물었다. 톰이 기다렸다는 듯이 나서서 대답했다.

"그거야 뻔하지. 책에 나오는 대로 길 가는 사람들을 습격하
고, 인질을 붙잡아서 몸값을 받는 거야. 부자들일수록 몸값을
많이 받을 수 있어."

톰의 말에 겁먹은 표정을 짓는 아이도 있었지만, 대부분 재미있겠다며 좋아했다.

우리는 톰과 조를 산적단의 두목과 부두목으로 뽑고 서약식을 모두 마쳤다.

내가 서약식을 끝내고 집에 돌아왔을 때는 벌써 날이 밝아 오고 있었다. 나는 방에 들어가자마자 침대에 쓰러져서 그대로 잠이 들었다.

몇 시간 지나지 않아서 나는 워트슨 부인의 성화에 눈을 떠야만 했다.

"아니, 이게 무슨 꼴이야! 옷이 이렇게 더러워진 걸 보니 분명 한밤중에 밖에 나가 쏘다닌 게 분명해. 그렇지? 이 못된 송아지 같으니라고. 도대체 널 어떡하면 좋을지 모르겠구나."

워트슨 부인은 얼굴이 시뻘개져서 소리쳤다.

나는 아무 대꾸도 하지 않은 채 멍하니 앉아 있었다.

더글라스 할머니가 슬픈 얼굴로 나를 바라보다가 내 옷에 묻은 흙을 부드럽게 털어 주었다.

'다음부턴 더 조심해야겠어.'

나는 더글라스 할머니에게 조금 미안한 생각이 들었지만 겉으로 드러내지는 않았다. 워트슨 부인은 자기 방으로 나를 끌고 가서 또다시 용서의 기도를 하도록 시켰다.

부인은 기도하는 대로 하느님이 모두 들어주실 거라고 했다. 하지만 나는 그 말을 믿지 않았다. 그동안 낚싯바늘을 갖고 싶다는 기도와 워트슨 부인을 뚱뚱하게 살찌워 달라는 기도를 여러 번 했지만 아무것도 이루어지지 않았기 때문이다.

내가 겨우 기도를 끝내고 마당으로 나갔을 때 짐이 놀란 토끼 눈을 하고 달려왔다.

"허크, 간밤에 내가 무슨 일을 겪었는지 알아? 내 말을 들으면 넌 아마 놀라서 기절할걸?"

짐은 꿈꾸는 듯한 표정으로 어쩔 줄 몰라 하면서 말했다.

나는 지난 밤에 톰이 짐의 모자를 나뭇가지에 걸어 놓은 일이 떠올라 빙그레 웃다가 시치미를 떼고 되물었다.

"무슨 일인데?"

"글쎄 아침에 눈을 떠 보니까 내 모자가 저 나뭇가지에 걸려 있는 거야. 요술할멈이 나를 밤새도록 끌고 다니다가 다시 제자리에 데려다 놓고 자기가 다녀갔다는 표시로 그렇게 한 게 틀림없어. 내가 오늘 아침에 유난히 피곤한 걸 보면 아마 뉴올리언스까지 날아갔다 온 게 아닐까? 아니야. 어쩌면 세계 일주를 하고 왔는지도 몰라. 분명해. 세상에! 내가 이런 꿈같은 일을 겪다니, 오오!"

짐은 두 손을 모으고 사춘기 소녀처럼 흥분해서 떠들었다.

나는 더 이상 참지 못하고 웃음을 터뜨렸다. 짐이 눈을 동그랗게 뜨고 이유를 물었지만 나는 아무 말도 하지 않았다. 순진하기 짝이 없는 짐의 상상력에 마음속으로 박수를 보낼 뿐이었다.

그 후, 우리 산적단은 몇 번 모여서 일을 꾸몄다. 실제로 도둑질을 하거나 사람을 죽일 수는 없었기 때문에 그저 책에서 본 내용들을 흉내 내는 것뿐이었다. 우리는 금세 산적놀이가 시시해졌다.

두목으로서 산적단의 위기를 느낀 톰은 앞장서서 채소를 가득 실은 짐마차를 습격했다. 우리도 모처럼 진짜 산적이 된 기분으로 우르르 몰려가서 힘을 모았다. 히지만 우리기 한 일은 고작 짐마차에서 채소를 조금 훔쳐 낸 게 전부였다.

"에이, 이게 뭐야!"

"맞아. 무슨 산적단이 이래? 재미없어."

여기저기서 불만이 터져 나왔다. 결국 산적단은 얼마 가지 않아 해체되었고, 우리는 뿔뿔이 흩어져 집으로 돌아갔다.

수상한 발자국

워트슨 부인은 하루도 빠짐없이 나에게 기도를 시켰다.

"기도를 하면 너는 커다란 마음의 선물을 받게 될 거야."

부인은 기도를 시킬 때마다 이렇게 말했지만 나는 그 뜻을 잘 몰랐다. 나는 마음의 선물보다 눈에 보이는 선물이 훨씬 더 좋았다. 그래서 대부분 건성으로 기도를 하곤 했다.

하지만 단 한 가지 내가 진심으로 간절하게 드리는 기도가 있었다. 그것은 아버지가 나를 다시 찾아오지 않게 해 달라는 것이었다.

'하느님, 제가 아버지와 영원히 만나지 않게 해 주세요.'

나는 아버지가 정말 무섭고 싫었다. 아버지는 언제나 험악한 얼굴로 나에게 욕설을 퍼부었고, 술을 마시면 닥치는 대로 살림을 부수고 나를 심하게 때렸다. 나는 아버지와 함께 있는 시간이 세상에서 가장 고통스러웠다.

아버지는 1년쯤 전에 어디론가 훌쩍 떠나 버린 뒤 지금껏 소식이 없었다. 나는 아버지가 조금도 그립지 않았고, 오히려 지난 1년간 어느 때보다 마음이 편안했다. 하지만 언제 또다시 아버지가 불쑥 나타날지 몰랐기 때문에 마음 한켠에는 늘 불안감이 자리잡고 있었다.

그런데 며칠 전, 강 상류 쪽에서 물에 빠져 죽은 남자의 시체가 발견되었다는 소식이 들렸다. 마을 사람들은 그 사람이 아버지인 것 같다고 말했다.

"죽은 지 오래되어서 얼굴을 제대로 분간할 수는 없었지만 옷차림이나 머리 모양이 틀림없이 허크 아버지 같았어."

"맞아. 몸집도 꼭 그 사람만 했지."

나는 사람들의 말이 믿어지지 않았다. 못된 녀석이라고 욕을 먹겠지만 나는 아버지가 죽었다고 해도 조금도 슬프지 않았다. 그보다는 하느님이 내 기도를 들어주셨다고 고마워할 지경이었다. 하지만 아버지는 그렇게 쉽게 죽을 사람이 아니었다. 나는 죽은 사람이 아버지가 아닐 거라고 생각했다. 물에 빠져 죽은

사람이 반듯하게 누운 자세로 물 위에 떠올랐다는 이야기를 듣고는 내 생각에 더욱 확신을 가졌다. 남자는 물에 빠지면 엎드린 자세로 떠내려가기 때문이었다.

'흐음, 반듯하게 누운 채로 떠오른 걸 보면 남장을 한 여자일 거야. 틀림없어.'

나는 그렇게 생각하면서 아버지가 돌아오지 않게 해 달라고 밤마다 더 열심히 기도를 했다. 워트슨 부인과 더글라스 할머니는 그런 내 모습을 보고 무척 흐뭇해했다.

그러는 동안 시간은 쉬지 않고 흘러 어느새 겨울이 되었다. 나는 할머니의 성화에 못 이겨 마지못해 다니기 시작한 학교에 어느 정도 적응을 해 나가고 있었다. 아직 서툴기는 했지만 글자를 읽고 쓸 줄 알았고, 구구단도 웬만큼 외었다.

더글라스 할머니의 집에서 지내는 것도 많이 익숙해져서 처음처럼 답답하지 않았다. 물론 가끔 더글라스 할머니와 워트슨 부인 몰래 숲속에 가서 자고 올 때도 있었지만 눈치를 잘 살펴서 행동했기 때문에 들키지는 않았다.

"허크, 이제 네가 정말 우리 아들이 된 것 같구나. 하느님이 널 이렇게 착한 아이로 변하게 해 주셔서 얼마나 감사한지 모른단다."

더글라스 할머니는 기뻐서 어쩔 줄 몰라 했다. 하지만 나는 마음속으로 여전히 숲속에서 자유롭게 살던 시절을 그리워하고 있었다.

그러던 어느 날 아침이었다. 나는 아침 식사를 하다가 실수로 소금통을 쓰러뜨렸다.

'아침에 소금을 엎지르면 하루 종일 재수가 없다는데……'

나는 어쩐지 께름칙한 생각이 들어서 음식을 다 먹지 못하고 일어나 밖으로 나갔다. 마당에는 밤새 내린 눈이 소복이 쌓여 있었다. 그런데 담장 아래쪽 눈 위에 발자국이 어지럽게 찍혀 있었다. 나는 불길한 예감에 심장이 덜컥 내려앉았다. 수상한 발자국은 담에 붙어 있는 돌층계 언저리에 유난히 많이 찍혀 있었다. 마당 안쪽에 발자국이 없는 걸 보면 누군가 그곳에서 집 안을 엿보고 돌아간 게 분명했다.

나는 불안한 마음으로 발자국을 따라 길에 나가 보았다. 얼마쯤 가다가 나는 기절할 듯이 놀라 그 자리에 우뚝 멈추어 섰다. 왼쪽 발자국에 십자 모양으로 된 큰 못자국이 나 있는 게 보였기 때문이다. 그것은 분명 아버지가 신고 다니는 구두에 새겨진 모양과 똑같았다. 아버지는 악마를 쫓기 위해 왼쪽 구두에 십자가 모양의 징을 박아서 신고 다녔다.

"아버지야. 아버지가 왔다 간 게 틀림없어."

나는 심장이 멎는 것만 같았다. 곧 정신을 차리고 한달음에 언덕 아래로 달려 내려가 보았다. 아버지의 모습은 보이지 않았다. 나는 다시 발길을 돌려 대처 판사님 댁으로 곧장 달려갔다. 숨이 턱에 차서 헐떡거리는 나를 보고 대처 판사님이 눈을 휘둥그레 떴다.

"허크, 어쩐 일이냐?"

내가 숨을 몰아쉬느라 대답을 못 하자 대처 판사님이 다시 말했다.

"아! 이자를 받으러 온 게로구나. 마침 어제 반 년치 이자가 들어왔는데 네 몫이 150달러나 되는구나. 엄청나지? 네가 가지고 있기엔 너무 큰돈이니 그것도 계속 이자를 놓으면 어떻겠니?"

"그 돈은 판사님이 다 알아서 해 주세요. 저한텐 그 돈에 관해서 아무 얘기도 하지 마시고요. 저는 아무것도 알고 싶지 않아요. 그래야 아버지한테 거짓말을 하지 않을 수 있어요."

나는 아버지라는 말을 꺼내는 것만으로도 몸이 부들부들 떨렸다. 어쩌면 아버지가 벌써 그 돈에 대한 소문을 듣고 나타난 것인지도 모를 일이었다. 내가 순순히 돈을 내놓지 않으면 아버지는 나를 죽일지도 몰랐다.

"허크, 넌 아직도 아버지를 두려워하고 있구나. 아무 걱정 마라. 네 아버지가 와서 무슨 소리를 해도 네 돈을 내주지는 않을 테니."

대처 판사님은 내 어깨를 두드리며 말하고는 이자로 받은 돈 중에 1달러를 내주었다.

집으로 돌아왔지만 여전히 마음이 가라앉지 않았다. 나는 어찌할 바를 몰라 안절부절못하다가 짐을 찾아갔다. 전부터 짐은 자기가 마술을 부릴 줄 안다고 떠벌리곤 했다. 그때는 짐이 이상한 꿈을 꾸고 나서 헛소리를 하는 거라며 비웃었다. 하지만 지금은 짐의 마력을 빌려서라도 무슨 방법을 찾고 싶었다.

"짐, 네가 정말로 마술을 부릴 수 있다면 우리 아버지가 있는 곳을 좀 알려 줘."

나는 애원하듯 간절한 눈빛으로 말했다.

짐은 잠깐 동안 흐뭇하게 웃더니 자기 방으로 달려가서 조그마한 공을 하나 가지고 왔다. 그 공은 머리카락을 휘감아서 만든 것이었다.

"이 공이 바로 마법의 공이야. 이 공한테 물어보면 무엇이든 알아낼 수 있어."

짐은 진짜 마법사처럼 앉아서 눈을 지그시 감고는 손에 든 공을 빙빙 돌렸다. 나는 조용히 앉아서 바싹바싹 타 들어가는 입술을 연신 오물거렸다. 한동안 공을 돌리면서 생각에 잠겨 있던 짐이 드디어 입을 열었다.

"네 아버지는 지금 아주 가까운 곳에 계시는구나."

순간, 나는 맥이 탁 풀려서 바닥에 털썩 주저앉았다. 눈앞이 캄캄했다. 금방이라도 눈물이 쏟아질 것 같았다.

"허크, 앞으로 넌 아버지 때문에 큰 고생을 하게 될 거야. 네 아버지는 지금 네 앞에 나타날지, 아니면 그냥 돌아갈지 망설이고 있어. 그런데 점괘를 보니 아무래도 돌아가지 않기로 한 것 같아. 곧 네 앞에 나타날 테니 단단히 각오하고, 조심해라."

"응, 그래. 고마워."

나는 건성으로 대답하고 자리에서 일어났다. 아무 생각도 나지 않았고, 아무 일도 할 수 없었다. 저녁 식사를 할 때 음식을 씹으면서도 맛을 몰랐다. 말 한 마디 없이 음식만 떠 넣는 나를 더글라스 할머니와 워트슨 부인이 걱정스럽게 바라보았다.

저녁 기도를 마치고 나서 나는 양초에 불을 켜 들고 2층에 있는 방으로 올라갔다. 방문을 열고 들어서던 나는 까무러칠 듯이 놀라 하마터면 들고 있던 양초를 떨어뜨릴 뻔했다. 내 침대에 걸터앉아 있는 시커먼 그림자 때문이었다. 그림자의 주인은 바로 아버지였다.

변하지 않는 폭군

아버지는 창을 넘어 들어온 것 같았다. 나는 얼른 방문을 닫고 아버지 앞으로 갔다. 아버지의 심기를 건드리지 않으려면 눈치껏 행동해야 한다는 걸 오래전부터 알고 있었기 때문이다.

"흐음……."

아버지는 거친 숨소리만 낼 뿐 한동안 아무 말도 하지 않았다. 나는 불안한 마음으로 조심스럽게 아버지를 살폈다. 그새 아버지는 많이 늙어 보였다. 텁수룩한 머리와 수염이 거친 인상을 풍겼지만 구부정한 등에선 전에 없이 부드러운 느낌마저 들었다. 하긴 벌써 쉰 살이 가까워지고 있으니 조금 변했을지도 모를 일이었다.

그때 아버지가 눈을 들어 나를 쳐다보았다.

나는 움찔했지만 애써 태연한 척했다. 아버지의 눈빛은 여전히 매서웠다.

'아버지는 변하지 않았어.'

나는 두려움에 떨면서 속으로 중얼거렸다. 마룻바닥에 아무렇게나 내던져진 아버지의 모자가 눈에 들어왔다. 양초를 책상 위에 세우면서 보니 아버지의 모습이 훨씬 더 거칠어 보였다. 온통 때에 절은 옷이며, 너덜너덜해져서 발가락이 툭 튀어나온 장화가 지난 1년간의 세월을 짐작할 수 있게 했다.

"어이, 아주 좋아 보이는데."

아버지가 한쪽 이를 드러내며 말했다.

나는 어떻게 대답하는 게 아버지 기분을 맞추는 걸까 하고 잠깐 고민하다가 대답했다.

"예. 그동안 잘 지내서 그래요."

그러자 아버지는 못마땅하다는 듯이 얼굴을 일그러뜨렸다.

"흥, 웃기는군. 소문에 듣자니 학교에도 다닌다면서? 이제 글자 좀 읽고 쓸 줄 알게 됐다고 애비를 아주 우습게 알겠구나. 그러기만 해 봐라. 네 녀석 코를 확 비틀어 버릴 테니."

아버지는 나를 학교에 보낸 더글라스 할머니까지 마구 욕했다. 우리 집안에는 글을 아는 사람이 없었다. 아버지는 물론이고 어머니도 글을 몰랐다. 아버지는 글을 아는 사람은 모두 자기를 무시한다고 생각하는 사람이었다.

"난 아들놈이라도 잘난 척하는 꼴은 절대로 못 봐. 학교나 교회 따위는 도대체 뭣 하러 다니는 거야. 너도 당장 학교를 그만둬. 네놈이 계속 학교에 다니면 다리몽둥이를 뚝 부러뜨려 버릴 테다."

아버지는 눈을 부라리면서 무섭게 말했다. 나는 다리가 부들부들 떨렸다. 아버지는 내가 학교에서 상으로 받은 그림을 보고도 몹시 화를 냈다.

"이 따위 그림이 다 뭐야?"

"그, 그건 학교 선생님이 공부를 열심히 한다고 상으로 주신 거예요."

"흥! 상이라고? 네놈한텐 이런 것보다 철썩철썩 때려 줄 채찍이 훨씬 더 쓸모 있을걸?"

아버지는 비웃음 섞인 목소리로 말하고는 그림을 북북 찢어 버렸다. 나는 너무 무서워서 당장이라도 방문을 열고 나가 도망치고 싶었다. 하지만 몸이 굳어서 꼼짝도 할 수 없었다. 아버지는 한참 동안 나를 노려보다가 다시 입을 열었다.

"뻔뻔한 놈! 소문에 네놈이 꽤 많은 돈을 챙겼다던데, 얼마나 되는 게냐? 그런 일이 있으면 당장 애비한테 알려야지, 입을 싹 닦고 있어?"

"도, 돈이라뇨? 전 모르는 일이에요."

나는 다급하게 말했다. 등에서 식은땀이 배어났다.

아버지는 코웃음을 쳤다.

"나루터에서 사람들한테 벌써 다 들었어. 네놈이 그렇게 시치미를 떼도 소용 없단 말이야. 대처 판사가 네 돈을 맡아 두고 있다는 것까지 다 알아. 그러니 허튼 생각 말고 솔직하게 말해. 네 돈이면 내 돈도 되니 내가 좀 써야겠다."

나는 어떻게 해야 할지 몰라 쩔쩔맸다. 하지만 이대로 물러설 수는 없었다. 아버지가 그 돈을 손에 넣게 되면 몽땅 술을 마셔 없앨 게 분명했기 때문이다.

"제가 가진 돈이라곤 여기 1달러밖에 없어요. 정 못 믿겠으면 대처 판사님께 직접 가서 물어보세요. 전 그분한테 돈을 맡기지 않았어요. 소문은 그냥 소문일 뿐이에요."

"네놈이 끝까지 그렇게 나온다면 한번 두고 봐라. 내가 반드시 대처 판사한테서 돈을 찾아 내고 말 테니."

아버지는 씩씩거리면서 내 손에서 1달러를 휙 낚아채고는 창

을 넘어 헛간 지붕으로 내려갔다. 나는 가슴이 정신 없이 쿵쾅
거려서 한동안 멍하니 서 있어야 했다.

다음 날, 아버지는 술을 잔뜩 퍼마시고 대처 판사님을 찾아갔다.

"이봐, 판사 양반! 내 아들이 맡긴 돈을 찾으러 왔는데, 당장
내놓으시지!"

하지만 대처 판사님은 나와 약속한 대로 그 돈에 관해 입을 굳
게 다물었다.

아버지는 약이 올라서 미친 듯이 날뛰다가 고래고래 소리를
질렀다.

"네놈들이 한통속이 되어서 짜고 내 돈을 떼어먹으려는 게 분
명해. 재판을 걸어서라도 반드시 돈을 찾아내고 말 테니 각오하
고 있으라고!"

아버지가 어디론가 휭하니 가 버린 뒤, 대처 판사님과 더글라
스 할머니는 고민에 빠졌다. 나는 불안한 마음으로 그들을 지켜
보고 있었다.

"대처 판사님, 어떻게든 허크를 아버지와 떼어 놓아야 해요.
허크를 위해 하루라도 빨리 그렇게 할 수 있으면 좋을 텐데요."

"걱정 마세요, 부인. 소송을 한번 해 보도록 하지요. 법은 저
런 폭군 아버지한테서 아들을 보호해 줄 거예요."

두 사람은 곧바로 서류를 준비해서 소송을 걸었다. 하지만 새로 부임한 재판관은 어처구니없는 판결을 내렸다. 초조하게 판결을 기다리는 사람들 앞에 나온 재판관은 이렇게 말했다.

"아무리 문제가 많은 아버지라도 자기 자식과 떼어 놓는 건 좋지 않은 일입니다. 누구도 아버지에게서 자식을 빼앗을 권리는 없지요."

대처 판사님과 더글라스 할머니는 소송의 결과를 듣고 몹시 실망했다. 하지만 받아들일 수밖에 없었다. 소송의 결과에 만족하는 사람은 아버지뿐이었다.

그 후 아버지는 드러내 놓고 나를 찾아와서 돈을 내놓으라고 했다. 내가 머뭇거리면 아버지는 눈을 부라리며 무섭게 말했다.

"네놈 몸뚱이에 시퍼런 채찍 자국을 내고 싶지 않으면 빨리 가서 돈을 구해 오란 말이야."

나는 하는 수 없이 대처 판사님에게 달려가서 돈을 몇 달러씩 받아다가 아버지에게 내밀곤 했다. 아버지는 돈을 받으면 곧장 술집으로 가서 몽땅 술을 사 마시곤 했다. 그리고 술에 취하면 온 동네를 돌아다니며 아무한테나 욕을 퍼붓고, 밤새도록 시끄럽게 굴었다.

화가 난 동네 사람들이 참다 못해 아버지를 신고했다. 결국 아버지는 일주일 동안 감옥에 갇히는 신세가 되었다. 그 일주일 동안 나는 모처럼 편안한 나날을 보냈다. 하지만 일주일은 금세 지나갔다.

아버지는 감옥에서 나오자 더욱 난폭하게 굴었다. 대처 판사님에게 맡긴 돈을 찾는다며 소송을 걸었고, 내가 학교에 계속 다니는 것을 알고는 몽둥이로 마구 때렸다. 그래도 나는 학교를 그만두지 않았다. 아버지가 미워서라도 어떻게든 학교에 다니고 싶었다.

그러는 중에 아버지에게 돈을 바치는 일도 계속해야 했다.

"돈을 내놔. 당장 가서 돈을 구해 오란 말이야!"

아버지가 눈을 희번덕거리며 소리치면 나는 겁에 질려 얼른 대치 판사님에게 돈을 타러 가곤 했다. 정말 지옥 같은 나날이었다. 아버지는 돈을 손에 넣을 때마다 어김없이 술을 마셨고, 또 어김없이 소동을 일으켰다. 감옥에 갇히는 일도 반복되었다.

감옥에서 나온 아버지는 짓궂은 표정을 지으며 다시 더글라스 할머니의 집 근처를 서성거렸다. 더글라스 할머니는 참다 못해 소리를 버럭 질렀다.

"내 집 근처에서 한 번 만 더 얼쩡거리면 절대 가만 있지 않겠어요. 혼쭐이 나기 싫으면 썩 꺼져요."

할머니가 허리에 손을 올린 채 매서운 눈으로 쏘아보았지만 아버지는 조금도 물러설 기색이 없었다.

　　"흥! 당신이 내 아들놈의 어미라도 되는 줄 아는 모양이지? 좋아. 허크의 부모가 누구인지 내가 똑똑히 가르쳐 주지."

　　아버지는 소름이 끼칠 정도로 싸늘한 눈빛을 보내고는 어디론가 가 버렸다.

　　나는 아버지가 무언가 일을 꾸미고 있다는 생각에 며칠 동안 잠을 제대로 이루지 못했다.

　　며칠이 지난 어느 봄날, 마침내 아버지의 꿍꿍이가 밝혀졌다. 나는 더글라스 할머니의 집 앞에서 아무도 모르게 아버지에게 납치를 당하고 말았다.

다시 시작된 숲속 생활

아버지는 나를 작은 배에 태우고 한참 동안 강을 거슬러 올라 갔다. 강 건너편의 울창한 숲속에는 낡은 통나무집이 한 채 있었다. 산림이 **빽빽**하게 우거진 곳에 있어서 밖에서는 선뜻 보이지 않는 집이었다. 나는 아버지와 함께 그곳에서 살게 되었다.

"내 손에서 벗어날 생각일랑 아예 하지 않는 게 좋을 거야."

아버지는 줄곧 나를 감시했다. 잠깐이라도 밖에 나갈 때면 문에 자물쇠를 굳게 채웠고, 밤에는 열쇠를 베개 밑에 놓고 잤다. 아무리 애를 써도 통나무집에서 도망칠 방법은 없어 보였다.

그러던 어느 날, 한 남자가 통나무집으로 찾아왔다. 더글라스 할머니가 보낸 사람이었다. 할머니는 나를 포기하지 않고 계속

해서 사람을 시켜 찾았다고 했다.

"허크를 더글라스 할머니에게 데려가겠어요."

남자는 단호하게 말했다.

나는 어쩌면 아버지 손아귀에서 벗어날 수도 있겠다는 희망에 갑자기 가슴이 부풀어올랐다. 하지만 그건 헛된 꿈이었다.

"당장 꺼지지 않으면 네놈 심장에 총구멍을 뚫어 버릴 거야."

아버지가 총을 겨누고 소리치자 남자는 기겁을 해서 달아났다. 나는 어쩔 수 없이 아버지와 계속 살 수밖에 없었다.

하루하루 지나면서 나는 숲속 생활에 조금씩 익숙해져 갔다. 더글라스 할머니 집에 살 때처럼 누군가의 간섭을 받지 않는 게 무엇보다 좋았다. 나는 하루 종일 빈둥거리거나 낚시질을 했고, 담배도 마음대로 피웠다. 학교에 가지 않고, 공부나 숙제에 신경 쓰지 않는 것도 편하고 즐거웠다. 두 달쯤 지나자 오히려 더글라스 할머니 집에서 지내던 때가 끔찍하게 여겨질 정도였다. 아버지가 가끔 채찍을 휘둘러 대는 것만 빼면 숲속 생활은 아주 만족스러웠다.

아버지는 이따금 나를 집 안에 가둔 채 자물쇠로 문을 채우고 나가 며칠씩 돌아오지 않았다. 그럴 때면 나는 몹시 불안했다.

'아버지가 영원히 돌아오지 않으면 난 여기 갇혀서 죽게 되는

게 아닐까?'

나는 하루 종일 집 안을 왔다 갔다 하며 빠져나갈 방법을 찾았다. 하지만 좁은 굴뚝으로 기어 올라갈 수도, 단단한 통나무 벽을 뚫고 나갈 수도 없었다. 나는 금방이라도 미칠 것만 같아 집 안 여기저기를 계속 뒤지며 돌아다녔다. 그러다 서까래 아래쪽에서 자루가 부러진 녹슨 톱 하나를 찾아냈다.

"됐어. 이거면 빠져나갈 구멍을 뚫을 수 있을 거야."

나는 곧장 탁자 아래로 기어 들어가서 맨 아래쪽 통나무를 자르기 시작했다. 해가 기울도록 쉬지 않고 일을 해서 나무를 거의 다 잘랐을 때 밖에서 아버지 목소리가 들렸다.

나는 얼른 담요를 내려서 통나무 자른 곳을 덮고 톱도 깊숙이 감추었다.

아버지는 문을 부술 듯이 차고 들어와 화난 목소리로 말했다.

"에잇, 재판만 받으면 무조건 내가 이겨서 돈을 찾는 건데 그 망할 놈의 대처 판사가 재판 날짜를 자꾸 연기하고 있어. 이게 다 네놈 때문이야."

나는 아버지가 또 채찍을 휘두를까 봐 조마조마했다. 다행히도 아버지는 채찍 대신 욕설만 마구 퍼부었다. 욕설을 퍼붓는 중에 더글라스 할머니에 관한 이야기도 나왔다. 나를 데려가는 데 실

패한 할머니가 아버지를 상대로 소송을 걸었다고 했다. 이번 소송에서는 더글라스 할머니가 이길 게 거의 확실하다고 했다.

"내가 재판에서 진다고 네놈을 보내 줄 것 같냐? 어림없는 소리! 계속 엉뚱한 수작을 부리면 네놈을 죽을 때까지 아무도 찾지 못하는 곳에 꽁꽁 숨겨 둘 테다. 내가 벌써 그 장소까지 찾아 둔 걸 몰랐지!"

아버지는 자신감에 차서 말했다.

나는 가슴이 덜컥 내려앉았다. 더글라스 할머니 집에 다시 돌아가는 것도 싫었지만 아무도 모르는 곳에 죽을 때까지 혼자 갇혀 있는 건 더 끔찍했다.

'이 숲속 생활을 끝낼 때가 된 거야. 오늘 밤 당장 이곳을 빠져나가야겠어.'

나는 그때부터 본격적으로 탈출 계획을 세웠다. 아버지가 마을에서 사 온 물건들을 나르면서도 내내 그 생각만 했다.

'도망치려면 총과 낚싯줄이 있어야겠지. 여길 벗어나면 낮에는 숨어 있고 밤에만 움직여야 할 거야. 어떻게 해서든 아주 먼 곳으로 도망쳐야 해.'

나는 골똘히 생각에 잠겨 있다가 아버지에게 늑장을 부린다고 된통 야단을 맞고 퍼뜩 정신을 차렸다.

그날 밤, 아버지는 술을 들이붓다시피 마시다가 담요 위에 쓰러져 잠이 들었다. 나는 아버지가 완전히 곯아떨어질 때까지 숨을 죽이고 기다렸다. 자칫 잘못했다간 탈출하려는 계획이 들통나서 지독한 채찍질을 당할지도 모르기 때문이다. 하지만 나는 하루 종일 통나무를 자르고 아버지가 사 온 물건들을 나르느라 지칠 대로 지쳐서 어느새 잠이 들어 버리고 말았다.

"으악! 뱀이다! 뱀이야!"

갑작스레 외치는 소리에 나는 화들짝 놀라 눈을 번쩍 떴다. 자다 깬 아버지가 미친 사람처럼 날뛰며 소리를 지르고 있었다. 아무래도 헛것이 보이는 모양이었다. 나는 한 구석에 웅크리고 앉아서 가만히 지켜보고 있었다. 아버지는 한참 동안이나 고함을 지르며 날뛰다가 지쳐서 쓰러졌다. 그러나 숲속에서 짐승들의 울음소리가 들리자 다시 벌떡 일어났다.

"저건 죽음의 사자가 나를 잡으러 오는 소리가 틀림없어. 절대 안 돼. 나를 그냥 내버려 둬."

아버지는 칼을 집어 들더니 다짜고짜 내 멱살을 잡고 달려들었다.

"네놈이 죽음의 사자지? 내가 먼저 네놈을 죽여 주겠다."

"아버지, 저예요. 허크예요."

나는 겁에 질려 뒷걸음질치면서 겨우 말했다. 하지만 아버지는 이글거리는 눈으로 나를 노려보며 한 발 한 발 다가왔다.

나는 아버지의 손에서 빠져나와 정신 없이 도망쳐 다녔다. 아버지는 제정신이 아니었다. 이글거리던 눈빛이 금세 풀려서는 무서운 욕설을 퍼부으며 나를 쫓아왔다.

나는 붙잡히지 않으려고 죽을힘을 다해 집 안 여기저기로 피해 다녔다. 결국 아버지가 먼저 지쳐서 쓰러졌다.

"후유."

나는 안도의 숨을 내쉬며 바닥에 털썩 주저앉았다. 당장이라도 밖으로 도망치고 싶었지만 힘이 빠져서 꼼짝할 수 없었다.

나는 끔찍한 통나무집에서의 숲속 생활을 하루빨리 끝내 달라고 기도하다가 스르르 잠이 들었다.

완전한 탈출

다음날, 나는 아버지를 따라 낚시를 하러 갔다. 6월로 접어들면서 자주 내린 비로 강물이 많이 불어 있었다.

'강물이 불어나면 뗏목이나 통나무가 많이 떠내려올 텐데…….'

나는 강물 위를 주의 깊게 살피면서 아버지 뒤를 따라갔다.

아버지는 어깨에 총을 메고 서둘러 강 상류 쪽으로 올라갔다. 내가 주위를 두리번거리느라 자꾸 처졌기 때문에 아버지와의 거리가 점점 벌어졌다.

그때 강 한쪽으로 통나무배 한 척이 떠내려오는 게 보였다.

"바로 저거야."

나는 눈이 번쩍 뜨여서 재빨리 물속으로 뛰어들었다.

다행히도 아버지의 모습은 보이지 않았다.

"이 배만 있으면 힘들게 숲길을 걷지 않아도 돼."

나는 신이 나서 낑낑대며 배를 끌어다 강기슭에 숨겨 두었다. 누군가 내가 탈출할 수 있도록 돕는 것 같다는 생각이 들었다.

내가 다시 강가로 나와 달려갔을 때 아버지는 새를 향해 총을 겨누고 있었다. 아버지가 나를 힐끔 돌아보았다. 나는 물이 뚝뚝 떨어지는 옷을 잠깐 내려다보다가 급히 둘러 댔다.

"오다가 발을 헛디뎌서 물에 빠졌어요."

아버지는 별다른 의심을 하지 않았다.

우리는 새와 물고기를 몇 마리 잡아서 집으로 돌아왔다. 아버지는 아침 일찍부터 사냥을 하느라 피곤하다며 낮잠을 잤다. 하지만 나는 탈출할 궁리를 하느라 잠을 잘 수 없었다.

오후에 아버지는 나를 데리고 다시 강가로 올라갔다. 불어난 강물 위로 뗏목이 줄줄이 떠내려오고 있었다.

"저것들을 건져다 팔면 술값이 두둑하게 나오겠는걸."

아버지는 싱글벙글하면서 쪽배를 끌어왔다.

나는 아버지와 쪽배를 타고 나가서 굵직굵직한 통나무 아홉 개를 끌어왔다. 강에는 아직도 뗏목에서 떨어져 나온 통나무가 많이 떠 다녔지만 아버지는 더 욕심내지 않았다. 그 정도면 술값으로 충분하다고 생각하는 것 같았다.

"마을에 가서 통나무를 팔아 올 테니 넌 집에 들어가 있어."

아버지는 나를 통나무집에 밀어넣고 자물쇠를 굳게 채운 다음 배를 타고 나갔다. 통나무 판 돈으로 술을 마시다 보면 오늘 밤 안으로는 돌아오지 않을 게 분명했다.

"그래. 오늘 밤에 탈출하는 거야."

나는 숨겨 두었던 톱을 꺼내 탁자 아래쪽의 통나무를 마저 잘라 냈다. 마침내 내가 빠져나갈 수 있을 만큼 구멍이 뚫렸다. 구멍을 통해 밖으로 나가 보니 멀찌감치 쪽배를 타고 가는 아버지의 뒷모습이 보였다. 나는 급히 물건들을 챙겼다. 옥수수 가루와 고기, 술, 낚싯줄, 컵, 양동이, 담요까지 빠짐없이 챙겨서 강기슭에 숨겨 둔 배에 갖다 실었다.

집 안을 몇 번이나 돌면서 가져갈 만한 것들은 모두 옮겨 실어서 나중엔 통나무집이 텅 비었다. 마지막으로 나는 총을 챙겨 들고 구멍을 빠져나갔다. 물건을 나르느라 하도 들락거려서 구멍 주위에 발자국이 어지럽게 찍혀 있었다.

"내가 도망친 걸 알면 틀림없이 아버지가 뒤쫓아올 거야. 아버지가 나를 찾아다니지 않도록 속임수를 써야겠어."

나는 우선 흙을 뿌려 구멍 주위에 난 발자국을 덮은 뒤 잘라

낸 통나무 조각을 다시 제자리에 끼워 넣었다. 주위에 있던 톱밥까지 치우자 구멍이 뚫렸던 흔적은 말끔히 사라졌다. 그 다음엔 총을 메고 숲속으로 가서 멧돼지를 한 마리 잡아 왔다.

나는 밖에서 누군가 침입한 것처럼 보이도록 일부러 도끼로 문을 때려 부수고 멧돼지 피를 사방에 뿌렸다. 그리고 자루에 돌을 잔뜩 집어넣어 질질 끌고 가서 강물에 던졌다. 내가 누군가에게 끌려간 것처럼 보이게 하기 위해서였다. 또 배에 실어 두었던 옥수수 자루를 다시 가져와서 한쪽에 구멍을 냈다. 그 구멍으로 옥수수 가루를 조금씩 흘리면서 통나무집 동쪽에 있는 호숫가로 갔다.

"이렇게 해 두면 도둑이 침입해서 나를 해치운 다음 옥수수 자루를 훔쳐서 이쪽으로 달아난 것처럼 보이겠지!"

아무리 생각해도 기가 막힌 속임수였다. 나는 스스로를 대견해하면서 옥수수 자루를 다시 싸매 들고 배 있는 곳으로 갔다.

어느새 날이 저물고 있었다. 나는 강기슭에 앉아서 밤이 이슥해질 때까지 기다렸다. 섣불리 배를 타고 출발했다가 누군가의 눈에 띄기라도 하면 일을 그르칠 수 있기 때문이었다.

'사람들은 도둑이 나를 죽여서 강물에 던진 줄 알 거야. 처음 며칠간은 다들 내 시체를 찾으려고 하겠지! 그러다 못 찾으면

포기하고 금방 잊어버릴 거야. 그럼 난 완전히 탈출에 성공하는 거지.'

나는 혼자 기분 좋게 앉아 있었다. 일단 탈출을 하면 강 건너편에 외따로 떨어진 잭슨섬으로 갈 생각이었다. 그곳은 무인도인데다 사람들이 거의 드나들지 않아서 가장 안전한 장소였다.

이런저런 생각을 하면서 시간을 보내던 나는 어느 순간 깜빡 잠이 들고 말았다. 밤이 꽤 깊었을 때 나는 깜짝 놀라 눈을 번쩍 떴다. 달이 강물을 훤하게 비추고 있었다.

"이제 슬슬 떠나 볼까!"

나는 배를 묶어 둔 끈을 풀었다. 바로 그때 어디선가 노 젓는 소리가 들렸다. 나는 숨을 죽이고 몸을 납작 엎드린 다음 물소리가 들리는 쪽을 살폈다.

어둠 속에서 배 한 척이 다가오고 있었다. 배가 바로 코앞까지 왔을 때 나는 숨이 딱 멎는 것만 같았다. 노를 젓는 사람이 다름 아니 아버지였던 것이다. 아버지는 어쩐 일인지 술에 취해 있지 않았다.

나는 아버지가 내 앞을 지나가서 완전히 보이지 않을 때까지 기다렸다가 급히 배를 밀고 나아갔다. 그리고 소리가 나지 않도록 조심스럽게 노를 저어 강 하류 쪽으로 내려갔다. 얼마 안 가서 나는 거대한 산 그림자처럼 보이는 잭슨섬에 닿았다.

'이 섬에 숨어 있으면 아무한테도 들키지 않을 거야.'

나는 강기슭에 배를 대고 섬으로 올라갔다. 잠들어 있던 숲이 서서히 잠에서 깨어나 나를 맞아 주었다.

"내가 왔다. 이제부터 이 섬의 주인은 나 허클베리 핀이다!"

나는 마침내 탈출에 성공했다는 기쁨에 들떠서 큰 소리로 외쳤다. 깜깜하던 하늘이 잿빛으로 밝아 오고 있었다.

섬의 또 다른 침입자

   나는 평평한 곳을 찾아서 한낮이 될 때까지 늘어지게 잤다. 모처럼 단잠을 자고 나니 몸이 개운해지는 느낌이었다. 그런데 배가 몹시 고팠다. 숲 여기서기에 주렁주렁 달려 있는 산딸기며 덜 익은 포도를 따 먹었지만 배고픔은 가시지 않았다.

   "강에 가서 물고기라도 잡아 구워 먹을까?"

   하지만 그건 어림없는 생각이었다. 불을 피워서 연기가 솟아오르면 마을 사람들이 수상하게 여기고 섬으로 달려올 게 뻔했기 때문이다. 나는 배를 쓸면서 먹을 것을 찾아 여기저기 돌아다녔다.

   그때 강 위쪽에서 대포 소리가 커다랗게 울렸다. 내 시체를 찾으러 다니는 배가 틀림없었다.

나도 모르게 웃음이 터져 나왔다.

"맞아! 물에 빠진 시체를 찾을 때 빵에 수은을 넣어서 띄우잖아. 그 빵을 건져서 먹어야겠다."

나는 언젠가 강물에 빠져 죽은 사람의 시체를 찾을 때 마을 사람들이 하던 일을 생각해 내고 얼른 강가로 달려갔다. 사람들은 수은을 넣은 빵을 물에 젖지 않게 잘 싸서 띄우면 시체가 가라앉아 있는 곳에 가서 멈춘다고 했다. 강가에 가서 찾아보니 정말로 빵이 떠내려왔다. 사람들이 탄 배는 멀찌감치 떨어진 위쪽에서 천천히 내려오고 있었다.

나는 빵을 건져서 수은을 빼내고 먹었다. 오랜만에 먹는 빵은 기가 막힐 정도로 맛있었다. 나는 빵을 먹으면서 내 시체를 찾으러 다니는 배를 지켜보았다. 배는 얼마 뒤에 내가 숨어 있는 숲 근처를 지나 아래쪽으로 내려갔다.

하루 이틀 더 지나자 배는 더 이상 나타나지 않았다.

"이제 포기한 모양이군."

나는 홀가분한 마음으로 섬을 둘러보러 다녔다. 섬 생활은 편안했지만 심심하기 짝이 없었다. 혼자서 시간을 보낼 방법이라곤 섬을 탐험하는 것뿐이었다. 나는 혹시 모를 위험에 대비해서

총을 들고 나가 섬을 구석구석 살폈다.

숲길을 걷고 있을 때 커다란 뱀이 나타났다. 뱀은 내 발끝에 툭 부딪히자 놀랐는지 풀숲으로 쌩하니 달아났다.

"심심한데 잘됐다."

나는 재미삼아 총을 겨누고 뱀을 뒤쫓아갔다. 뱀은 슥슥 소리를 내며 빠른 속도로 달아났다. 나는 뱀을 놓치지 않으려고 재빠르게 달렸다. 그러다 풀숲을 지나 약간 평평한 땅에 이르렀을 때였다. 한쪽에서 가느다란 연기가 피어오르는 게 언뜻 눈에 들어왔다. 나는 깜짝 놀라 우뚝 멈추어 섰다.

조심스럽게 다가가 보니 모닥불을 피운 흔적이 있었다. 아직까지 연기가 피어오르는 걸 보면 불과 얼마 전까지도 누군가가 이곳에 있었던 게 분명했다. 나는 가슴이 철렁 내려앉았다.

"이 섬에 나 말고 다른 사람이 더 있는 게 틀림없어."

갑자기 다리가 후들거리고 눈앞이 캄캄했다. 일단 나무 뒤에 몸을 숨기고 주위를 자세히 살펴보았다. 하지만 아무도 보이지 않았고, 아무 소리도 들리지 않았다.

'도대체 어떤 사람이 이 섬에 있는 걸까?'

나는 곰곰 생각하면서 돌아왔다. 그리고 임시로 마련한 보금 자리에 가져다 놓은 짐을 모조리 배에 다시 옮겨 실었다. 모닥불을 피운 자리에 남은 재도 발로 모두 흐트러뜨렸다. 여차하면 배를 타고 곧바로 도망칠 수 있도록 모든 준비를 끝내고 나서 나무 위로 올라갔다. 그곳에서 두 시간 동안이나 망을 보았다.

시간은 계속 흘러갔지만 아무 일도 일어나지 않았다. 나는 배가 고파 더 이상 견딜 수가 없어서 나무에서 내려왔다. 그러고 보니 아침에 산딸기와 빵 부스러기를 조금 먹은 게 전부였다. 당장이라도 불을 피워 음식을 만들어 먹고 싶었지만 어두워질 때까지 기다리기로 했다.

곧 해가 지고 숲속에 어둠이 찾아왔다. 모닥불을 피우려는데 문득 무서운 생각이 들었다.

'아무래도 이곳은 위험한 것 같아. 내가 여기 있다는 걸 누군가 벌써 알고 있는지도 몰라. 안 되겠다. 지금 당장 여길 떠나야겠어.'

나는 허둥지둥 자리를 정리하고 배에 올라타서 500미터쯤 아래로 내려갔다. 그곳에서 강기슭에 배를 숨겨 놓고 숲으로 들어가 저녁 식사를 준비했다.

"내가 이 섬에 있는 걸 안다고 해도 여기까지 쫓아오진 않을 거야!"

나는 혼자 중얼거리면서 불안한 마음을 달랬다. 그런데 내 말

이 채 끝나기도 전에 조금 떨어진 곳에서 발소리가 났다. 발소리를 낸 사람은 내가 숨어 있는 곳을 지나쳐 갔다.

나는 너무 무서워서 가슴이 터질 것만 같았다. 그때였다.

"오늘은 여기서 자야겠다."

남자의 굵은 목소리가 고요한 숲에 울려 퍼졌다. 잠시 동안 부스럭거리는 소리가 들리더니 이내 잠잠해졌다.

한참 뒤에 나는 조용히 몸을 일으켰다. 숲 너머에서 조그맣게 코 고는 소리가 들렸다.

나는 다시 짐을 챙겨 들고 고양이처럼 살금살금 걸어서 배를 숨겨 둔 곳으로 갔다. 당장이라도 노를 저어서 다른 곳으로 가고 싶었지만 물소리가 크게 날까 봐 그럴 수도 없었다.

나는 배에서 자기로 마음먹고 잠을 청했다. 하지만 쉽게 잠이 오지 않았다. 살짝 잠이 들었다가도 누군가 내 목을 조르는 것만 같아서 화들짝 놀라 눈을 떴다. 밤은 점점 깊어져서 달빛이 강물을 훤하게 비추었다. 다시 잠을 청해 보았지만 정신이 더 말짱해질 뿐이었다. 정말 미칠 지경이었다. 나는 몇 번 더 뒤척이다가 벌떡 일어났다.

"에잇, 도대체 누구야! 어떤 사람이 또 이 섬에 들어와 있는 거냐고!"

나는 직접 숲에 가서 섬의 또 다른 침입자를 살펴보기로 마음
먹었다. 밤새 잠도 못 자고 불안에 떠는 것보다 그게 훨씬 나을
것 같았다.

배를 강기슭에 대 놓고 총을 챙겨 숲속으로 들어갔다. 나뭇잎
밟히는 소리에도 가슴이 덜컥덜컥 내려앉았다. 나는 발소리가
나지 않도록 조심하면서 낯선 남자가 잠들어 있는 곳을 찾았다.
하지만 숲속이 너무 어두워서 어디가 어딘지 잘 알 수 없었다.
나는 총을 어깨에 둘러메고 숲속 여기저기를 돌아다녔다. 그러
다 모닥불을 피웠던 흔적을 발견했다.

"이 근처 어디 있는 게 분명해."

그런데 주변을 아무리 돌아다녀도 사람 그림자가 보이지 않
았다. 나는 숲에서 나는 소리에 귀를 기울이면서 계속 돌아다녔
다. 한참 동안이나 더 헤매고 다녔을 때였다. 숲 한쪽에서 가느
다란 불빛이 새어 나왔다. 나는 급히 나무 뒤로 몸을 숨겼다. 목
을 길게 빼고 보니 거의 사그라진 모닥불 옆에서 한 남자가 잠들
어 있었다. 조금 더 가까이 가 보고 싶었지만 겁이 나서 발이 쉽
게 떨어지지 않았다. 나는 용기를 내서 조금 더 다가갔다. 남자
는 담요를 머리끝까지 뒤집어쓴 채 자고 있었다.

'누구지?'

나무 뒤에 숨어서 이리저리 살펴보았지만 남자는 도무지 머리
에 쓴 이불을 걷어 내지 않았다. 나는 그곳에서 날이 밝을 때까
지 기다리기로 마음먹었다.

'누군지 꼭 알아내고 말 테다.'

나는 날이 뿌옇게 밝아 올 때까지 그 자리에서 꼼짝 않고 앉아
서 버렸다. 피곤해서 자꾸만 눈이 감겼지만 허벅지를 꼬집어 가
며 참았다.

마침내 날이 밝았다. 남자는 몇 번 뒤척이다가 담요를 걷고 일
어나 앉았다. 그 순간, 나는 너무 놀라서 숨을 멈추었다. 남자는
바로 짐이었다.

"이게 누구야! 짐!"

나는 소리를 꽥 지르면서 한달음에 달려갔다. 너무 반가워서
눈물이 날 것만 같았다.

짐이 얼빠진 사람처럼 나를 멍하니 쳐다보았다.

도망자가 된 짐

　정신을 차린 짐은 갑자기 바닥에 납작 엎드리더니 손을 모아 싹싹 빌기 시작했다. 나는 놀라서 눈을 크게 떴다.

　"허크 귀신이시여, 제발 저를 살려 주세요. 저는 귀신들을 괴롭힌 적이 없어요. 아무리 죽어서 귀신이 되었다고 해도 한집에 살던 사람을 몰라보시지는 않겠지요?"

　짐은 내가 귀신이 되어서 자기 앞에 나타났다고 생각하는 모양이었다. 나는 기가 막혀서 배를 움켜쥐고 웃었다.

　짐이 멀뚱멀뚱 쳐다보았다. 참 별스러운 귀신도 다 있다고 생각하는 표정이었다.

　"짐, 나 허크야. 귀신이 아니고 진짜 살아 있는 허크라고."

"저, 정말 허크야?"

짐이 더듬거리면서 물었다.

"그렇다니까."

나는 일부러 짐의 어깨를 찰싹 때리며 대답했다. 그제야 짐도 내가 죽지 않았다는 걸 믿는 듯했다. 우리는 얼싸안고 껑충껑충 뛰었다. 이제 외톨이가 아니라는 게 무엇보다 기뻤다.

"그런데 짐, 넌 어떻게 이곳에 온 거야? 도대체 언제 왔어?"

나는 아침 식사를 준비하면서 내내 궁금하던 이야기를 물었다. 한순간, 짐의 얼굴빛이 어두워졌다.

"워트슨 부인이 나를 다른 곳에 팔아 버리려고 했어. 더글라스 할머니는 반대했는데 워트슨 부인이 800달러나 받을 수 있다면서 당장 팔겠다는 거야. 워트슨 부인이 내 주인이니 나를 마음대로 팔 수 있잖아. 그때 마침 마을에 노예 상인이 와서 난 급하게 도망을 칠 수밖에 없었어. 네가 살해당했다고 마을이 발칵 뒤집힌 날 밤이었지. 사람들이 너 때문에 정신 없이 몰려간 틈에 몰래 빠져나와 이곳으로 온 거야."

"그랬구나."

나는 도망자 신세가 된 짐이 조금 가여웠다. 노예들은 가축처럼 여기저기 팔려 다니니 무척 속상하겠다는 생각도 들었다. 도망친 노예를 숨겨 주면 벌을 받게 되어 있었지만 나는 짐을 신고하고 싶은 생각이 전혀 없었다. 짐은 노예였지만 내 친구이기도 했기 때문이다.

나는 강가로 달려가서 커다란 메기를 한 마리 잡아 왔다. 배에 실어 두었던 옥수수 가루와 베이컨, 커피 따위도 들고 왔다.

"허크, 넌 마술도 부릴 줄 아니? 정말 굉장한데. 난 도망쳐 오던 날부터 여태까지 산딸기만 따 먹고 살았어."

짐은 눈이 휘둥그레져서 어쩔 줄을 몰라 했다.

나는 짐에게 뭔가 해 준 것 같아서 마음이 뿌듯했다.

아침 식사를 하는 동안 나는 내가 살해당한 것처럼 꾸며 놓고 도망친 이야기를 자세히 들려주었다.

"허크, 넌 정말 대단한 애야!"

짐이 존경스럽다는 듯이 말했다. 나는 괜히 우쭐해졌다.

우리는 섬을 탐험하면서 즐겁게 지냈다. 어느 날, 우리는 산꼭대기에 올라갔다가 바위 옆에서 커다란 동굴을 발견했다. 동굴 속은 방을 몇 개 합친 것만큼이나 넓었다.

"우아, 멋지다! 이제부터 여기서 지내자."

"좋아!"

우리는 마음이 척척 맞았다. 곧바로 배에 가서 짐을 모두 옮겨

온 다음, 빈 배는 외진 곳에 잘 숨겨 두었다. 이젠 누군가 섬에 들어오더라도 절대로 우리를 찾아 내지 못할 터였다.

동굴에서 먹는 첫 번째 저녁 식사를 거의 끝냈을 때였다. 갑자기 하늘이 새까매지더니 이내 천둥 번개가 요란하게 울렸다. 그리고 얼마 지나지 않아 비가 억수같이 쏟아지기 시작했다. 여름철 폭풍우가 몰려오는 것이었다.

"때맞춰 이곳으로 옮기길 잘했다!"

나는 가슴을 쓸어 내리면서 말했다. 짐이 고개를 끄덕였다.

폭풍우는 일주일이 넘도록 계속되었다. 강물도 하루가 다르게 불어나 마침내 둑으로 넘쳤다. 강물을 따라 날마다 온갖 물건들이 떠내려왔다. 폭풍우가 거의 잦아든 어느 날은 통나무집 하나가 통째로 떠내려오기도 했다.

우리는 배를 타고 통나무집까지 가서 창문으로 안을 들여다보았다. 집 안에는 침대며 탁자, 의자 같은 살림살이들이 어지럽게 흩어져 있었다. 한쪽 구석에서는 어떤 남자가 엎드린 채 꼼짝 않고 있었다.

"이것 봐요. 좀 일어나 봐요!"

짐이 큰 소리로 외쳤지만 아무런 대답이 없었다.

"허크, 아무래도 저 사람 죽은 것 같아. 내가 가서 살펴볼 테

니 넌 여기 있어. 정말 죽었다면 넌 보지 않는 게 좋을 거야. 죽
은 사람의 얼굴은 끔찍하거든."

짐은 말을 마치고 혼자서 안으로 들어갔다.

나도 시체를 마주하고 싶은 생각은 전혀 없었기 때문에 짐의
말을 따랐다. 조금 뒤에 짐이 소리쳤다.

"허크, 죽은 게 맞아. 등에 총을 맞았어. 벌써 며칠 지났나 본
데 정말 끔찍하다. 넌 절대로 보지 마."

짐도 겁이 나는지 목소리가 약간 떨렸다.

나는 짐이 옷가지로 시체를 완전히 덮을 때까지 기다렸다가
안으로 들어갔다. 우리는 집 안을 뒤져서 쓸 만한 물건들을 배
에 옮겨 실었다. 나는 죽은 사람이 조금 궁금했지만 너무 무서
워서 아무것도 묻지 않았다. 짐도 입을 굳게 다물고 있있다.

며칠이 지났다. 그새 불어났던 강물은 차츰 줄어들고, 물살도
여느 때처럼 고요해졌다. 하지만 짐과 나의 일과는 별로 달라진
게 없었다. 처음 얼마간 열을 올렸던 섬 탐험도 이젠 시들했다.

나는 또다시 모험심이 발동해서 이런저런 궁리를 해 보았다.
그러다 문득 좋은 생각이 떠올랐다.

"짐, 내가 마을에 한번 내려가 보면 어떨까? 분위기가 어떤지
살펴보고, 너에 관한 일도 좀 알아봐야 하잖아."

"맞아. 하지만 너무 위험해."

짐은 몹시 걱정스러운 얼굴이었다.

"아무 걱정 마. 해가 진 뒤에 여자로 변장을 하고 가 보면 돼."

"그거 좋은 생각인데!"

짐의 얼굴이 다시 밝아졌다.

나는 해가 질 때까지 기다리면서 옷가지들 중에 여자 옷을 골라 입었다. 긴치마에다 챙이 넓은 모자까지 쓰고 나니 영락없는 여자였다. 짐도 진짜 여자 같다며 감탄했다. 나는 더 완벽하게 위장하기 위해 걸음걸이까지 연습했다.

드디어 날이 저물었다. 나는 짐의 배웅을 받으며 혼자서 배를 타고 마을로 갔다. 사람들 눈에 띄지 않도록 일부러 마을에서 멀찍이 떨어진 곳에 배를 매어 두고 강둑에 올라섰다. 산 아래 외떨어진 오두막집에서 불빛이 새어 나오는 게 보였다.

'이상하다. 저 집은 아무도 살지 않는 빈 집이었는데 누가 새로 이사를 왔나?'

나는 고개를 갸웃거리면서 오두막집으로 다가갔다. 창문으로 조심스럽게 들여다보니 나이 지긋한 부인이 혼자 앉아 뜨개질을 하고 있었다. 처음 보는 얼굴이었다. 아마 다른 지방에서 이사를 온 모양이었다.

'잘됐다. 저 부인은 나를 못 알아볼 테니 모른 척하고 들어가서 동네 얘기를 물어봐야지.'

나는 용기를 내어 문을 두드렸다.

부인은 나를 맞아들이고는 아래위를 주욱 훑어보았다.

"이 밤중에 여자 애 혼자 어쩐 일이니?"

"저 윗마을에 사는 삼촌을 만나려고 후커빌에서 걸어오는 길이에요. 너무 오랫동안 걷느라 배도 고프고 지쳐서 찾아왔어요. 혹시 아브너 무어라는 분을 아세요? 저희 삼촌인데요……."

나는 의심을 받지 않으려고 그럴듯하게 꾸며서 말했다.

"저런, 가엾어라. 여기 앉아서 편히 쉬렴."

부인은 친절하게 말하면서 따끈한 차를 한 잔 내주었다.

내가 차를 마시는 동안 부인은 자기 가족과 친척들에 관한 이야기를 들려주었다. 나는 그런 것보다 마을 사람들에 관한 이야기가 훨씬 더 궁금했지만 자연스럽게 마을 이야기가 나올 때까지 차분하게 앉아서 기다렸다.

"그 모자를 벗고 편하게 있지 그러니?"

부인이 갑자기 말머리를 돌렸다. 나는 혹시라도 부인이 내가 여장을 하고 있다는 걸 알아챈 게 아닐까 하고 불안해졌다.

"아니에요. 이제 가 봐야죠."

나는 황급히 자리에서 일어났다. 부인이 내 손을 잡아끌었다.

"밤이 늦었는데 오늘은 여기서 자고 가려무나. 요즘 이 마을에 안 좋은 일이 있어서 여자애 혼자 밤길에 내보내기가 불안해서 그래."

"안 좋은 일이라니요?"

나는 눈을 반짝 빛내면서 물었다. 내가 궁금해하는 이야기를 들을 수 있다는 확신이 들었다.

예상대로 부인은 나와 짐에 관한 이야기를 들려주었다.

"허클베리라는 남자애가 가엾게도 누군가에게 살해당하는 일이 벌어졌단다. 그런데 바로 그날 밤에 짐이라는 흑인 노예가 도망을 쳤어. 사람들은 모두 짐이 그 남자애를 죽이고 도망쳤다고 생각하고 있지. 남자애의 아버지도 범인으로 의심을 받고 있어. 그래서 두 사람한테 현상금이 각각 300달러와 200달러씩 붙었대. 지금 온 동네 사람들이 그 두 사람을 붙잡아서 현상금을 타내려고 혈안이 돼 있단다."

나는 기가 막힌 이야기에 잠시 할 말을 잃었다.

부인이 아무래도 석연치 않다는 얼굴로 나를 뚫어져라 쳐다보았다. 나는 애써 태연한 척하면서 말했다.

"사람들이 그 두 사람을 찾아낼 수 있을까요?"

"글쎄, 소문에는 강 건너 잭슨섬에 숨어 있을 거라는 얘기가 들리더구나. 어떤 사람이 며칠 전에 그 섬에서 연기가 피어오르는 걸 봤대. 내일이나 모레쯤 다들 그 섬으로 갈 모양이더라."

그 말을 듣는 순간, 나는 눈앞이 아찔했다. 한시라도 빨리 돌아가서 짐에게 이 사실을 알리고 함께 도망쳐야겠다는 생각이 들었다.

"따뜻하게 대해 주셔서 감사했어요. 전 그만 가 볼게요. 삼촌을 빨리 찾아뵈야 해서요."

나는 몸을 일으키면서 말했다. 부인은 보자기에 먹을 것을 싸 주면서 조심하라는 말을 몇 번씩이나 했다.

나는 오두막집에서 나오자마자 쉬지 않고 달렸다. 마치 내가 짐과 같은 도망자가 된 것처럼 가슴이 떨렸다. 하지만 한편으로는 이제 곧 흥미진진한 모험이 시작될 것 같다는 생각에 몹시 흥분되었다.

카이로를 향해

나는 서둘러 배를 타고 섬으로 갔다.

짐은 깊은 잠에 빠져 있었다.

"짐, 어서 일어나! 마을 사람들이 곧 이곳으로 오려고 한대."

짐은 너무 놀라서 입을 떡 벌렸다.

우리는 얼마 전 강물에서 건진 뗏목에다 짐을 모두 옮겨 실었다. 뗏목 한쪽에는 판자를 이어 붙여서 조그마한 오두막을 지었다. 햇빛이 너무 많이 내리쬘 때나 비가 올 때 그 안에 들어가서 피할 수 있도록 하기 위해서였다. 그 앞쪽에는 막대기를 하나 세우고 등을 달았다. 그것은 밤에 다른 배와 부딪히지 않기 위한 것이었다.

배는 뗏목 옆에 잘 묶어 두었다.

"허크, 우리 카이로에 가자. 그곳에서 증기선을 갈아타고 조금만 가면 흑인들이 자유롭게 살 수 있는 곳이 있대."

"좋아. 카이로까지 가서 이 뗏목을 팔면 증기선을 탈 뱃삯 정도는 충분할 거야."

우리는 뗏목을 타고 천천히 강을 따라 내려갔다.

섬을 다 빠져나가기도 전에 날이 뿌옇게 밝아 왔다. 멀리서 사람들이 웅성거리는 소리가 들렸다. 우리는 약속이나 한 듯이 입을 꼭 다물고, 물소리가 나지 않도록 노도 젓지 않은 채 떠내려 갔다.

날이 완전히 밝았을 때, 우리는 넓은 강에 도착했다. 그제야 나는 마음이 놓였다. 짐도 얼굴이 한결 밝아졌다.

"허크, 한 가지 걱정이 있어. 이대로 계속 가다가 카이로를 지나치면 어떡하지? 어디쯤이 카이로인지 모르잖아."

"걱정 마. 내가 사람들한테 가서 물어볼게."

속으로는 나도 은근히 걱정이 되었지만 짐을 안심시키려고 그렇게 말했다.

"허크, 네 덕분에 난 이제 곧 자유의 몸이 될 거야. 정말 고마워. 내가 자유의 몸이 된다고 생각하니까 가슴이 떨려서 못 견

디겠어."

짐은 어린아이처럼 들뜬 표정으로 말했다.

나도 흐뭇했다. 하지만 더글라스 할머니와 워트슨 부인을 생각하면 마음이 무거웠다.

'별로 마음에 들진 않았지만 그분들은 아무 대가도 바라지 않고 나를 돌봐 줬는데……. 내가 짐과 한편이 되어서 도망을 돕고 있는 걸 알면 무척 실망할 거야. 지금이라도 그냥 신고를 해 버릴까?'

내 기분을 아는지 모르는지 짐은 여전히 신이 나서 벙실벙실 웃고 있었다.

"난 자유의 몸이 되면 열심히 일해서 돈을 많이 모을 거야. 그 돈으로 워트슨 부인 집 근처 농장에 있는 아내와 아이들을 데려와야 해."

그 말을 듣는 순간 나는 깜짝 놀랐다. 짐이 가족들 이야기를 하는 건 처음이었다. 나와 다르게 짐은 사랑하는 가족과 떨어져 지내는 걸 몹시 마음 아파하고 있었다.

나는 짐을 도와주기로 다시금 마음먹었다. 더글라스 할머니와 워트슨 부인에게는 미안한 일이었지만 짐을 행복하게 해 주고 싶었다.

"허크, 넌 정말 멋진 친구야. 내가 만난 백인들 중에 너처럼 약속을 잘 지키고 친절한 사람은 한 명도 없었어."

짐이 희망에 부푼 얼굴로 말했다.

나는 아무 대꾸도 하지 않고 활짝 웃어 주었다.

어느새 어둠이 내려앉고 있었다. 강을 따라 조금 더 갔을 때 멀리서 불빛이 하나 보였다.

"허크, 저기 저 불빛을 좀 봐. 드디어 카이로에 도착한 거야. 분명해."

짐은 뛸 듯이 기뻐하며 소리쳤다.

하지만 나는 조금 불안했다.

"혹시 카이로가 아니면 어떡해? 내가 먼저 배를 타고 가서 확인해 볼게. 넌 오두막 안에 들어가서 꼼짝하지 말고 있어."

"알았어."

짐은 얼른 끈을 풀고, 배를 띄울 준비를 했다. 자신의 윗옷을 벗어서 배의 바닥에 깔아 주고는 노를 들어서 직접 내 손에 쥐여 주었다.

나는 짐을 한번 돌아보고 나서 배를 출발시켰다. 얼마쯤 갔을까? 작은 배 한 척이 다가왔다. 그 배에는 남자 두 명이 타고 있었다. 나는 조금 당황했지만 짐짓 아무렇지 않은 척 노를 저어

갔다.

"얘야, 저쪽에 있는 뗏목에 누가 타고 있는 것 같던데 혹시 흑인 아니냐?"

한 남자가 물었다. 나는 가슴이 덜컥 내려앉았다.

"왜 그러시는데요?"

"오늘 흑인 노예가 다섯이나 도망쳤단다. 그래서 지금 잡으러 다니는 거야. 뗏목에 있는 사람은 흑인이냐, 백인이냐?"

"백인이에요."

나는 단호하게 말했다.

하지만 두 남자는 조금 의심스럽다는 표정을 지었다.

"우리는 낯선 사람들을 하나도 빠짐없이 수색해야 해. 뗏목에 타고 있는 사람도 한번 확인해 봐야겠다."

그들은 배를 더 바짝 갖다 붙였다.

나는 재빨리 머리를 굴려서 그럴듯한 이야기를 지어 냈다.

"뗏목에 계신 분은 저희 아버지예요. 아버지는 지금 아파요. 얼굴이 퉁퉁 붓고, 온몸이 불덩어리처럼 뜨거워요. 아까 어떤 사람들을 만나서 좀 도와 달라고 했더니 모두 도망가 버렸어요. 아저씨들이 같이 가서 아버지를 한번 살펴봐 주세요."

그러자 두 남자는 얼굴이 새파랗게 질려서 어쩔 줄 몰라 했다.

두 사람은 뭐라고 귓속말을 주고받더니 얼른 뱃머리를 돌려서 황급히 노를 젓기 시작했다.

"얘기를 들어 보니 네 아버지는 천연두가 틀림없구나. 그렇게 무서운 전염병을 앓고 있는 사람과 같이 있으면 안 돼. 다른 사람들한테 옮기기 전에 빨리 먼 곳으로 가거라. 네 처지는 안됐다만 우리도 어쩔 수가 없구나."

"그래, 대신 내가 가진 돈을 좀 줄 테니 어디든 가서 도움을 청하도록 해라."

한 남자가 주머니에서 20달러를 꺼내 내 배 안으로 휙 던져 주었다. 다른 남자도 주머니를 뒤지더니 똑같이 20달러를 던져 주었다. 그러고 나서 두 사람은 뒤도 돌아보지 않고 가 버렸다.

나는 배를 돌려 뗏목이 있는 곳으로 돌아갔다. 짐이 물속에 들어가서 코만 내놓고 숨어 있다가 나왔다.

"허크, 네가 하는 얘기를 다 들었어. 이 은혜는 절대로 잊지 않을게. 난 여차하면 강둑으로 헤엄쳐 가서 도망칠 생각으로 물속에 숨어 있었어."

짐은 아직까지 마음이 가라앉지 않은 듯 불안하게 주위를 두리번거렸다.

나는 짐의 마음을 풀어 주려고 두 남자들이 주고 간 돈을 내밀었다.

"와! 이 돈이면 뱃삯을 치르고도 한동안 걱정 없이 지낼 수 있겠어."

짐은 금세 얼굴이 밝아졌다.

우리는 다시 노를 저어 강 하류 쪽으로 내려갔다. 한참 가다 보니 강기슭에 쪽배를 대 놓고 낚시를 하고 있는 사람이 보였다. 나는 다시 배를 타고 그쪽으로 가서 물었다.

"아저씨, 저 아래 보이는 마을이 카이로인가요?"

"카이로냐고? 무슨 뚱딴지 같은 소리냐?"

남자는 낚시에 정신이 팔려서 건성으로 대답했다.

나는 조심스럽게 다시 물었다.

"그럼 카이로까지는 얼미니 디 가야 하죠?"

"알고 싶으면 네가 직접 찾아봐. 자꾸만 말을 하니까 물고기가 다 도망가잖아. 지금 당장 꺼지지 않으면 혼쭐이 날 줄 알아라."

남자는 눈을 부릅뜨고 소리를 버럭 질렀다.

나는 하는 수 없이 배를 돌려 뗏목으로 돌아갔다. 내 말을 들은 짐은 몹시 실망했다. 우리는 일단 어디쯤 와 있는지 알아본 뒤에 다시 출발하기로 하고 뗏목을 강기슭에 댔다.

다음 날, 날이 밝았을 때 우리는 눈앞이 캄캄해졌다. 강둑 근처를 흐르는 물은 틀림없이 오하이오강의 맑은 물이었고, 맞은 편으로는 미시시피강의 탁한 물이 흐르고 있었다. 우리는 이미 카이로를 지나쳐 온 것이었다.

"이제 어떻게 하지?"

짐이 침통한 얼굴로 물었다. 하지만 뾰족한 수가 없었다. 뗏목을 타고 강물을 거슬러 올라간다는 건 불가능한 일이었고, 강둑으로 올라가서 걸어갈 수도 없었다.

"짐, 할 수 없어. 어두워질 때까지 기다렸다가 뗏목은 놔 두고 배를 타고 강을 거슬러 올라가도록 하자."

"그래, 그 수밖엔 없겠어."

결정을 내리고 나자 오히려 마음이 편안했다.

우리는 뗏목을 강기슭에 묶어 두고 숲속으로 들어가서 하루 종일 잠을 잤다. 그런데 저녁 무렵에 돌아와 보니 배가 감쪽같이 사라지고 없었다.

"짐, 뗏목을 타고 강둑 부근으로 내려가 보자. 그곳에 가면 배를 살 수 있을 거야. 배를 사서 다시 올라오면 돼."

우리는 당혹스러운 마음을 겨우 추스른 다음 뗏목을 타고 강 아래쪽으로 내려갔다. 하지만 뗏목을 파는 곳은 어디에도 보이지 않았다. 우리는 그렇게 세 시간 동안이나 떠내려갔다.

이상한 도망자들

어느 날, 통나무배 하나가 강물에 떠내려왔다. 우리는 뗏목을 숨겨 두고서 그 배를 잡아타고 큰 강줄기에서 옆으로 뻗어 있는 샛강을 거슬러 올라갔다. 그곳에는 잘 익은 딸기가 많았다.

"맛있겠다."

짐과 나는 딸기를 열심히 따 먹었다. 그때 저만치 아래쪽 숲에서 두 남자가 황급히 달려왔다. 한 사람은 일흔 살이 넘어 보이는 노인이었고, 다른 사람은 서른 살쯤 된 젊은이였다.

"우리를 잡으러 오는 사람들인가 봐."

우리는 딸기를 입에 가득 문 채 허둥대다가 재빨리 노를 저어 달아나려고 했다. 하지만 두 남자는 벌써 통나무배 바로 옆까지와 있었다. 우리가 얼굴이 새파랗게 질려서 벌벌 떨고 있을 때 나이 많은 노인이 숨을 헐떡거리며 말했다.

"애야, 제발 우리 좀 도와다오. 지금 저쪽에서 사람들이 사냥개를 앞세워 쫓아오고 있단다. 우린 아무 죄도 없는 사람들이어서 그 배에 좀 태워 주려무나."

그 말을 듣고 짐과 나는 안도의 숨을 내쉬었다.

두 사람은 금방이라도 우리 배에 뛰어오를 참이었다.

나는 급히 그들을 말렸다.

"사냥개가 냄새를 맡고 우리 배를 찾아낼 거예요. 그러니 강 위쪽으로 올라가서 이곳까지 헤엄을 쳐서 오세요. 개들은 그쪽에서 당신들을 찾다가 냄새를 놓치고 포기할 거예요."

"그래. 네 말이 맞구나."

두 사람은 내가 시키는 대로 했다. 우리가 배를 타고 강을 따라 얼마간 내려갔을 때 강 위쪽에서 개 짖는 소리가 들렸다. 사람들이 와자하게 떠드는 소리도 들렸다. 하지만 배가 계속 떠내려가는 동안 그 소리들은 이내 멀어져서 들리지 않게 되었다.

우리는 배를 타고 뗏목을 숨겨 둔 곳까지 갔다. 그곳에서 다 같이 아침 식사를 하고, 뗏목 바닥에 편안하게 누워서 이런저런 이야기를 나누었다. 이야기를 듣다가 짐과 나는 두 남자가 서로 모르는 사이라는 걸 알고 깜짝 놀랐다.

두 사람은 저희들끼리 이야기를 주고받았다.

"자네는 무엇 때문에 쫓기고 있었던 거지?"

노인이 묻자 젊은 남자가 대답했다.

"저는 이 사이에 낀 치석을 없애는 약을 팔러 다녔어요. 그 약은 치석을 없애는 데는 효과가 아주 좋은데 너무 독해서 이를 상하게 했거든요. 그래서 약을 다 팔고 나서 사람들이 눈치채기 전에 마을을 빠져나가려고 도망치던 중이었어요."

"그거 안됐군."

노인은 혀를 끌끌 차다가 자기 이야기를 들려주었다.

"나는 사람들한테 술을 마시지 말라는 강연을 하러 다녔지. 내가 마을의 주정뱅이들을 시원스럽게 혼내 주었더니 다들 나를 믿고 강연을 들으러 왔어. 그런데 사실은 내가 술을 무척 좋아하거든. 그래서 사람들 몰래 술을 마셨는데 누군가 그걸 본 모양이야. 마을 사람들이 모두 나를 잡아서 망신을 준다고 쫓아오기에 줄행랑을 친 거지."

노인은 조금도 부끄러워하는 기색 없이 말했다.

나는 두 사람이 사기꾼 같다는 생각을 하며 속으로 웃었다.

짐도 나를 보고 소리나지 않게 픽 웃었다.

그때 젊은 남자가 갑자기 노인의 손을 덥석 잡았다.

"영감님, 저하고 동업하시지 않겠어요? 이래 봬도 전 연극도
하고 관상도 볼 줄 알아요. 원래는 인쇄공이었는데 일이 하도
힘들어서 편하게 돈 버는 방법을 찾다 보니 여러 가지 일을 하게
됐어요."

"나도 안 해 본 일이 거의 없다네. 병들어 죽어 가는 사람도 살려 봤고, 점쟁이 노릇도 해 봤지. 그런데 나처럼 능력 있는 사람이 자네와 동업을 하면 손해를 보는 게 아닌지 모르겠는걸. 그 문제는 생각을 좀 해 봐야겠어."

노인은 몹시 거들먹거리는 투로 말했다. 그는 굉장한 허풍쟁이 같았다. 젊은 남자는 기분이 상했는지 한동안 입을 꾹 다물고 있었다.

짐과 나는 우스꽝스러운 연극 한 편을 구경하는 기분으로 두 사람을 지켜보았다.

조금 뒤, 젊은 남자가 벌떡 일어나 앉더니 침통한 표정으로 말했다.

"제가 어쩌다 이런 꼴로 살아가게 됐는지 모르겠어요. 하긴 누굴 원망할 것도 없지요. 모두 제 잘못으로 비롯된 일이니까요. 영감님은 저의 이 답답하고 쓰린 마음을 모르실 거예요. 제 신분을 알게 되면 혹시 이해하게 될지도 모르지만……."

젊은 남자는 눈물까지 글썽거렸다.

우리는 깜짝 놀라서 모두 일어나 앉았다.

"신분이라니? 자네 신분이 뭔데?"

노인이 기가 차다는 듯 흘겨보면서 물었다. 궁금하기는 짐과 나도 마찬가지였다.

"사실 저는 영국 브리지워터 공작의 후손이에요. 저의 할아버지는 오래전에 진정한 자유를 찾기 위해 이곳 아메리카로 건너오셨지요. 저는 할아버지의 유일한 후계자였는데, 할아버지가 돌아가시자마자 저의 작은아버지가 나타나서 어린 저를 쫓아내고 재산과 공작의 작위를 모두 차지해 버렸답니다. 제가 지금 이런 꼴로 사는 걸 할아버지가 아신다면……."

젊은 남자는 바닥에 엎드려 괴로운 듯 머리를 쥐어뜯었다.

노인이 한심하다는 눈빛으로 내려다보았다. 하지만 나는 젊은 남자가 한 말이 진짜일지도 모른다는 생각이 들었다. 짐도 이번에는 젊은 남자의 말을 믿는 눈치였다.

짐과 나는 진심으로 젊은 남자를 위로해 주고 싶어서 옆으로 다가갔다.

"아저씨, 기운 내세요."

내가 말하자 젊은 남자는 고개를 들어 빨갛게 충혈된 눈으로 나를 올려다보았다.

"너희들이 정말로 내 마음을 이해한다면 나를 공작으로 깍듯이 대해 주려무나."

"좋아요, 공작님. 그렇게 해 드릴게요. 그러니 너무 슬퍼하지 마세요."

　짐과 나는 공작 옆에 그림자처럼 붙어 앉아서 일일이 시중을 들어주었다. 점심 식사를 할 때도 노인보다 먼저 공작을 챙겨 주고, 공작이 식사를 끝낼 때까지 옆에 앉아서 기다렸다. 공작은 아주 흐뭇한 얼굴로 식사를 마쳤다. 아무리 봐도 공작다운 품위라곤 느껴지지 않는 사람이었지만 우리는 모르는 척하고 원하는 대로 해 주었다. 하지만 노인은 잔뜩 심통이 나서 내내 툴툴거렸다.

　오후가 되었다. 내내 입을 꾹 다물고 있던 노인이 공작을 불러 놓고 말했다. 짐과 나도 무슨 이야기인지 궁금해서 바싹 다가앉았다.

　"공작, 지금부터 내가 깜짝 놀랄 비밀을 털어놓겠네. 끝까지 숨기려 했는데 아무래도 말하는 게 나을 것 같아서 말이야."

　"비밀이라니요?"

　공작이 시큰둥한 얼굴로 물었다.

　노인은 갑자기 흐느껴 울기 시작했다. 우리는 깜짝 놀라서 눈이 휘둥그레졌다. 노인은 한동안 흐느껴 울다가 우리를 빙 둘러보고 나서 말했다.

　"공작, 사실 나는 프랑스의 황태자라네. 갑자기 행방불명되어서 프랑스 전체를 떠들썩하게 만들었던 루이 17세가 바로 나란 말일세. 사람들은 황태자가 죽은 줄 알고 있지만 그게 아니야."

"말도 안 돼. 루이 17세는 당신보다 나이가 훨씬 적은데 어째서 그런 황당한 거짓말을 꾸며 대는 거요?"

공작은 어처구니가 없다는 듯 웃었다.

하지만 짐과 나는 이번에도 노인의 말이 진짜일 거라고 생각했다. 노인이 너무나 서럽게 울면서 말했기 때문에 우리는 더 확신을 가졌다.

"내가 늙어 보이는 건 고생을 많이 해서 그렇다네. 하지만 이제 와서 그런 게 다 무슨 소용이겠는가! 왕의 자리를 잃고 지금은 이렇게 우스운 꼴로 살고 있는걸. 난 정말이지 내 처지가 처량해서 죽고 싶을 때가 한두 번이 아니었어. 지금도 그런 심정이네. 누군가 나를 왕처럼 대해 준다면 조금 위로가 될지 모르겠지만……."

노인은 거기까지 말하고 나서 숨이 넘어갈 듯 꺽꺽대며 울었다. 짐과 나는 얼른 다가가서 노인을 위로했다.

"우리가 왕으로 모실게요. 그러니 제발 진정하세요."

그러자 노인은 금세 얼굴이 밝아졌다.

그때부터 우리는 공작보다 노인의 시중을 먼저 들었다. 노인은 왕이기 때문이었다. 우리는 신하들이 왕 앞에서 하듯이 무릎을 꿇고 말했고, 앉으라는 허락이 떨어지기 전에는 공손한 자세로 서 있었다. 그제야 노인은 기분이 풀려서 공작에게 화해를 청했다. 우리가 왕과 똑같이 깍듯하게 대했기 때문에 별로 손해 볼 게 없다고 생각했는지 공작도 순순히 화해를 받아들였다.

나는 왕과 공작 사이에 어색하고 불편한 분위기가 사라진 게 무엇보다 기뻤다. 귀한 신분의 사람들과 가까이 지내게 된 것도 대단한 행운이라고 여겼다. 하지만 짐과 나는 얼마 지나지 않아 그들이 지독한 허풍쟁이에다 사기꾼일 뿐이라는 사실을 확실히 알게 되었다. 그들이 매번 다른 이야기를 했기 때문이다. 그들은 자신들이 밝힌 신분에 관한 이야기도 금세 잊어버렸는지 전혀 다른 말로 둘러 대곤 했다.

"짐, 정말 한심한 인간들이지? 그래도 그냥 모른 척 해 주자."

"그래. 그게 서로 편할 것 같아."

우리는 왕과 공작을 떼어 버릴 수 있는 뾰족한 수도 없어서 계속 뗏목을 함께 타고 가야 했다. 아주 성가시고 신경 쓰이는 사람들이었지만 방법이 없었다.

속임수의 대가들

두 사람과 함께 지내면서부터 귀찮은 일이 한두 가지가 아니었다. 내가 낮 동안에는 숲에서 쉬고 밤에만 뗏목을 띄우자 왕과 공작은 의심스럽다는 눈빛을 보냈다.

"아무래도 이상한데……. 혹시 짐이 도망친 노예가 아니냐? 그래서 밤에만 몰래몰래 다니는 거지?"

순간, 짐의 얼굴이 뻣뻣하게 굳었다.

나도 불안하기는 마찬가지였다. 잠깐 동안 고민한 끝에 나는 그럴듯한 이야기를 꾸며서 둘러 댔다.

"원래는 제 아버지와 동생이 함께 여행을 하고 있었어요. 우리 가족은 미수리주에서 살았는데 너무 가난해서 모든 걸 정리하

고 올리언스 근처에 있는 삼촌 댁으로 가는 길이었어요. 그곳에
서 삼촌네 농장일을 도우면서 살려고요. 그런데 도중에 우리가
탄 뗏목이 증기선과 부딪히는 사고가 났어요. 깜깜한 밤이라서
아무것도 보이지 않았거든요."

"저런, 안됐구나."

왕이 이마를 찡그렸다.

나는 계속해서 말했다.

"그 사고로 아버지와 동생이 죽고 짐과 저만 남았어요. 저는
짐하고 둘이라도 삼촌 댁까지 가려고 여행을 계속했는데 보는
사람들마다 짐을 보고 쫓아와서는 도망친 노예가 틀림없다면서
잡아가려고 했어요. 그런 일을 계속 겪다 보니 무섭기도 하고
지치기도 해서 사람들 눈에 안 띄도록 밤에만 다니는 거예요."

왕과 공작은 크게 고개를 끄덕였다. 잔뜩 긴장한 채 이야기를
듣고 있던 짐의 표정이 조금 밝아졌다.

나는 왕과 공작 같은 거짓말쟁이들을 속인다는 게 더없이 통
쾌했다.

"우리도 사람들 눈에 띄는 건 바라는 바가 아니야. 그래도 고
민을 좀 해 보자꾸나. 어쩌면 낮에도 뗏목을 띄울 수 있는 방법
이 있을 거야."

공작이 말했다. 그 말에는 모두 찬성이었다. 우리는 모두 머리를 맞대고 고민에 빠졌다. 조금 뒤, 공작이 손뼉을 딱 치면서 자랑스럽게 말했다.

"좋은 방법이 생각났어. 다음에 나오는 마을에서 내가 준비를 해 볼 테니 마을이 나오면 뗏목을 멈추도록 해."

"좋아. 나도 같이 내리겠네. 한동안 아무 일도 꾸미지 않고 얌전하게 지냈더니 몸이 근질근질하구먼. 내려서 좋은 일거리가 있는지 좀 찾아봐야겠어."

왕이 음흉한 웃음을 지어 보였다.

5킬로미터쯤 더 내려갔을 때 조그만 마을이 나타났다. 나는 잠들어 있는 짐을 깨워서 뗏목을 사람들 눈에 띄지 않는 곳에 잘 묶어 두었다.

왕과 공작은 정말 동업자가 된 듯 다정하게 내려서 강기슭으로 올라갔다. 나도 커피를 사기 위해 따라갔다. 뗏목에는 짐이 혼자 남았다.

마을에는 사람들이 거의 보이지 않았다. 어느 집 마당에서 볕을 쬐고 있던 흑인이 모두들 숲속에서 열리는 야외 집회에 갔다고 일러 주었다. 그 말을 듣는 순간, 왕의 눈이 반짝 빛났다.

"집회라면 당연히 내가 가 봐야지. 잘하면 한밑천 단단히 잡을 수도 있겠는데."

왕은 무슨 생각을 하는지 연신 싱글벙글했다.

조금 더 가다 보니 인쇄소가 있었다. 인쇄소 사람들도 집회에 갔는지 아무도 없었다.

"마침 잘됐군. 나는 여기서 할 일이 있으니 가서 일들 보고 오시오."

공작은 윗옷을 휙 벗어던지고 인쇄소 안으로 들어갔다. 그러고는 익숙한 솜씨로 기계를 다루기 시작했다.

왕과 나는 공작을 그곳에 남겨 두고 야외 집회가 열린다는 숲 속으로 갔다. 이웃 마을에서도 모두 왔는지 집회 장소에는 엄청나게 많은 사람들이 모여 있었다.

목사님이 단상 위에서 설교를 하는 동안 왕은 사람들을 이리저리 살피며 돌아다녔다. 곧 설교가 끝나고 다같이 입을 모아 찬송가를 불렀다. 나도 얼떨결에 손뼉을 치면서 따라 불렀다.

한참 노래를 부르다 보니 왕이 보이지 않았다. 나는 목을 길게 빼고 주위를 살폈다. 그런데 왕은 어느새 단상 바로 앞까지 가서 사람들에게 무언가 이야기를 하고 있었다. 나는 왕이 무슨 일을 벌이려고 하는지 알 수 없었지만 어쩐지 조금 겁이 났다.

그때 목사님이 단상에서 말했다.

"여러분! 오늘 이 자리에 귀한 분이 오셨습니다. 그분이 여러분을 위해 귀한 말씀을 전하고 싶다고 하니 모두들 박수로 환영합시다."

목사님의 말이 떨어지자마자 박수가 한꺼번에 터져 나왔다. 박수를 받으며 단상 위로 올라간 사람은 바로 왕이었다. 왕은 심각한 얼굴로 이야기를 시작했다.

"저는 30년 동안이나 인도양에서 해적질을 하며 살아온 나쁜 사람입니다. 얼마 전에 새로운 부하들을 더 모아 보려고 고향으로 돌아왔지요. 그런데 바로 어젯밤에 도둑을 만나 가진 걸 모두 빼앗겼습니다. 제가 다른 사람들한테 했던 그대로 당한 셈이지요."

시람들은 웅성거리면서 왕의 말에 계속 귀를 기울였다.

나도 왕이 무슨 이야기를 하려는지 무척 궁금했다.

"지금 이 자리에서 목사님의 설교를 듣고 보니 그것이 다 하느님의 뜻이라는 생각이 듭니다. 오늘 저는 새로운 깨달음을 얻었습니다. 지금까지 저는 잘못 살았던 거예요. 하느님의 말씀을 듣는 순간, 저는 처음으로 마음의 평화를 얻고 행복을 느꼈습니다. 이제 인도양으로 다시 돌아가면 저와 함께 지내는 해적들을 회개시키고 하느님의 품으로 돌아가도록 할 생각입니다. 비록 도둑에게 모든 것을 빼앗겨서 돌아갈 일이 막막하기는 하지만 어떻게든 돌아가서 남은 인생을 보람되게 살겠습니다. 제게 이런 생각을 일깨워 주신 목사님께 다시 한 번 감사드립니다."

왕이 머리를 숙여 인사하자 사람들은 숲이 떠나갈 듯이 크게 함성을 지르며 또다시 박수를 쳤다.

나는 왕의 천연덕스러운 거짓말에 혀를 내둘렀다. 왕은 역시 속임수의 대가다웠다.

"저분이 인도양으로 다시 돌아갈 수 있도록 우리가 돈을 모아 줍시다!"

누군가 큰 소리로 말했다.

왕은 감격한 듯 눈물을 뚝뚝 흘렸다. 젊은 청년 하나가 왕의 모자를 들고 사람들 사이로 돌아다녔다. 모자에 금세 돈이 그득히 모였다. 나중에 뗏목으로 돌아와서 세어 보니 돈은 자그마치 87달러나 되었다.

"와! 내가 지금까지 했던 야외 집회 중에서 최고의 수입인걸."

왕은 좋아서 어쩔 줄 몰라 했다.

공작도 인쇄소 주인 행세를 하면서 광고 인쇄비와 신문 구독료로 9달러 정도를 챙겨 왔다. 하루 벌이치고는 괜찮은 편이었지만 왕의 엄청난 수입에 비하면 푼돈으로밖에 여겨지지 않았다. 대신 공작은 그럴듯한 광고 전단을 두 가지 만들어 왔다. 하나는 흑인 노예를 찾는다는 광고지였다. 광고지에는 짐의 인상착의와 함께 '현상금 200달러'라는 문구가 쓰여 있었다.

공작이 광고지를 이리저리 돌려보도록 하면서 말했다.

"이젠 낮에도 얼마든지 뗏목을 타고 다닐 수 있어. 사람들이 의심하면 이 광고지를 보이면서 짐을 붙잡아 주인에게 현상금을 타러 가는 길이라고 하면 돼."

"정말 좋은 생각이에요. 아저씬 머리가 정말 좋으신가 봐요."

나는 처음으로 공작이 마음에 들어서 칭찬을 아끼지 않았다. 왕과 짐도 내 말에 맞장구를 쳤다. 공작은 어깨를 으쓱하며 좋아했다.

다른 광고지는 연극 공연에 관한 안내문이었다. 그 광고지는 뗏목을 타고 남쪽으로 며칠 동안 내려간 마을에서 사용되었다. 왕과 공작은 손발이 척척 맞아서 온 마을에 광고지를 붙이고 돌아다녔다. 광고지에 적힌 내용은 제법 그럴듯했다.

세계적인 비극 배우 출연

공연 기간은 단 3일

입장료는 50센트

왕과 공작은 무대를 만드는 데도 신경을 많이 썼다.

저녁이 되자 마을 사람들이 호기심 가득한 눈으로 하나둘 모여들었다. 극장 안은 순식간에 만원이 되었고, 왕과 공작은 무대 뒤에서 기쁨을 감추지 못했다. 나는 한쪽 구석에서 가슴을 졸이며 기다렸다.

드디어 막이 올랐다. 사람들의 환호성과 함께 왕이 우스꽝스러운 꼴로 무대에 등장했다. 벌거벗은 채 등장한 왕의 몸에는 여러 가지 무늬가 알록달록하게 그려져 있었다.

왕은 그 꼴로 당나귀처럼 바닥에 엎드려 펄쩍펄쩍 뛰어다녔다. 사람들은 배를 잡고 웃어 댔다. 연극은 성공적인 것처럼 보였다. 하지만 곧바로 이상한 장면이 연출되었다.

"여러분, 오늘 연극은 여기까지입니다. 이렇게 많이 와 주셔서 감사합니다."

공작이 무대 위에서 뛰어나와서 사람들에게 인사를 했다.

사람들은 어처구니없다는 듯 서로 얼굴을 마주 보았다.

"도대체 뭘 했는데 벌써 끝이야? 아직 연극은 제대로 구경도 못 했는데!"

누군가 극장이 떠나갈 듯 큰 소리로 외치자 여기저기서 볼멘소리가 터져 나왔다.

나는 사람들이 금방이라도 왕에게 달려들 것만 같아 마음이 조마조마했다. 그때 점잖은 신사가 의자 위에 올라서서 사람들을 진정시키며 말했다.

"여러분, 우리는 오늘 엉터리 극단에 속았소. 분한 마음은 여기 계신 분들 모두 똑같을 것이오. 하지만 이 일을 마을 사람들이 알게 되면 우리를 얼마나 한심하게 생각하겠소! 그러니 이대로 조용히 돌아가서 이 연극이 재미있다고 소문을 냅시다. 그래서 다른 사람들도 이 어처구니없는 연극을 보게 만들면 다 똑같은 입장이 될 테니 우리를 한심하게 보진 않을 것이오."

신사가 말을 끝내자 사람들은 삼삼오오 모여서 웅성거렸다. 한참 뒤 사람들은 모두 신사의 말이 옳다는 결론을 내리고 조용히 집으로 돌아갔다.

당연히 다음 날 공연 때도 극장은 터져 나갈 듯 사람들이 몰려들었다. 연극도 전날과 똑같았다. 공작이 끝인사를 했을 때도 마찬가지였다. 왕과 공작은 뗏목으로 돌아와 입장료로 거두어들인 돈을 세면서 밤새도록 낄낄댔다.

공연 마지막 날인 사흘째 밤이었다. 나는 공작과 함께 극장 입구에 숨어서 극장으로 몰려드는 사람들을 살폈다. 그런데 어쩐지 모두 낯익은 얼굴들이었다. 구경꾼들은 거의 대부분이 첫째 날과 둘째 날에 극장에 다녀갔던 사람들이었다. 한 가지 더 이상한 것은 사람들마다 주머니에 고약한 냄새가 나는 물건들을 넣어 오는 것이었다. 나는 불룩하게 솟아오른 주머니를 살피면서 코를 싸쥐었다. 아무래도 이번엔 무사히 넘어가지 않을 것 같은 예감이 들었다.

"허크, 꾸물거리지 말고 얼른 나를 따라와."

공작이 귀에 대고 속삭였다.

나는 공작을 따라 뗏목이 있는 곳까지 쉬지 않고 달려갔다. 놀랍게도 왕이 먼저 와 있었다. 내가 눈을 휘둥그레 뜨고 쳐다보자 왕이 픽 웃으면서 말했다.

"멍청한 놈들! 오늘이 공연 마지막 날인데 당연히 복수하러 몰려오겠지! 우리가 그런 눈치도 없을 만큼 멍청해 보였나?"

왕은 입을 크게 벌리고 웃었다.

공작이 손뼉을 치면서 따라 웃었다. 하지만 짐과 나는 웃지 않았다. 웃기는커녕 두 사기꾼들에게 화가 치밀 뿐이었나. 왕과 공작은 거의 500달러 가까이 되는 돈을 만지작거리면서 전날처럼 낄낄대고 웃다가 잠이 들었다.

뗏목을 출발시킨 뒤, 짐이 쓸쓸한 표정으로 앉아서 보초를 섰다. 나는 왕과 공작이 미웠다. 그 사기꾼들 때문에 짐이 자유의 몸이 되는 시간이 점점 더 늦어지는 게 안타까웠다.

그날 밤, 나는 잠결에 어렴풋이 짐이 아내와 아이들의 이름을 부르며 흐느끼는 소리를 들었다.

새로운 음모

우리는 뗏목을 타고 강 하류로 계속 내려갔다. 며칠 동안 빈둥 거리며 시간을 때우던 왕과 공작은 또다시 새로운 계획을 짜느 라 머리를 맞댔다. 그들은 사기를 치지 않고 있으면 몸이 근질 거리는 사람들 같았다. 짐과 나는 그 모습을 보고 머리를 절레 절레 흔들었다.

버드나무가 우거진 모래 언덕에 뗏목을 댔을 때, 왕은 앞서 들 렀던 마을에서 산 새 양복으로 갈아입었다. 왕은 나에게도 새 옷으로 갈아입으라고 했다.

"공작, 허크를 데리고 일단 마을에 들어가 봐야겠어. 마을 형 편을 알아야 무슨 계획을 구체적으로 세울 게 아닌가!"

"그렇지요. 얼른 다녀오세요."

공작이 친절하게 말했다.

나는 별로 내키지 않았지만 할 수 없이 따라나섰다.

"허크, 조심해서 다녀와."

짐이 배를 묶어 놓은 끈을 풀면서 말했다.

나는 왕을 배에 태우고 노를 저어서 강둑을 따라갔다. 강 상류 먼 곳에 증기선 한 척이 정박해 있는 게 보였다. 우리는 배를 타고 마을 위쪽으로 올라갔다.

절벽을 따라 돌아서 마을 가까이 다가갔을 때, 강둑에 앉아 있는 청년의 모습이 눈에 들어왔다. 청년은 커다란 여행 가방 두 개를 옆에 놓고 앉아 수건으로 연신 땀을 닦아 내고 있었다.

"저 젊은이 앞으로 배를 대거라."

왕이 눈을 빛내면서 말했다.

나는 왕이 시키는 대로 노를 저어 갔다.

"젊은이, 많이 힘들어 보이는데 내 배를 타고 함께 가세나."

"정말 고맙습니다. 올리언스에 갈 일이 있어서 증기선을 타러 가는 길인데 짐이 많아 무척 힘이 드네요."

청년은 몇 번이나 허리를 숙여 인사하면서 가방을 들고 배에 올랐다.

왕은 청년에게 내가 자기 하인이며, 이름은 아돌퍼스라고 소개했다. 나는 기가 막혔지만 입을 다물고 있었다. 왕은 청년에게서 마을에 관한 정보를 캐내려는 게 분명했다.

청년은 자리를 잡고 앉자마자 입을 열었다.

"혹시 하비 윌크스 씨가 아니신지……?"

"난 알렉산더요. 사람들은 그냥 브로젯 목사라고 부른다오. 그런데 하비 윌크스는 누구요?"

왕은 짐짓 점잖을 떨면서 물었다.

청년은 왕이 쳐 놓은 그물에 걸린 줄도 모른 채 하비 윌크스라는 사람에 대해 자세한 이야기를 들려주었다. 그 이야기는 왕이 군침을 흘리기에 충분한 내용이었다.

청년이 늘려준 이야기는 대충 이런 것이었다. 어젯밤에 마을에서 한 사람이 병을 앓다 죽었다. 그의 이름은 피터 윌크스였다. 그는 꽤 부자였는데 아내와 자식이 없었다. 대신 메리 제인과 수잔, 조안나라는 세 조카딸들과 함께 지냈다. 그녀들은 형 조지 윌크스의 딸들이었다. 지난해에 형 부부가 갑작스런 사고로 죽은 뒤부터 피터 윌크스는 조카딸들과 한집에서 지내게 되었다.

피터 윌스크에게는 하비와 윌리엄이라는 남동생 둘이 더 있었다. 윌크스 가족은 원래 영국 사람들이었다. 피터 윌크스는 오래전에 형 조지와 미국으로 건너왔고, 하비와 윌리엄은 영국에 남아 있었다. 세월이 흐르면서 피터 윌크스는 영국에 남아 있는 동생들을 몹시 그리워했다. 편지를 자주 주고받아서 서로에 관한 일을 누구보다 잘 알고 지냈지만 얼굴을 볼 수는 없었기 때문이다. 특히 피터 윌크스는 듣지도 못하고, 말하지도 못하는 막내 동생 윌리엄에게 아무 도움도 되어 주지 못한 걸 늘 안타까워했다.

한 달 전쯤, 처음 앓아 누웠을 때 피터 윌크스는 자신이 곧 죽으리라는 걸 예감했는지 동생들에게 연락을 하도록 했다. 하지만 동생들은 아직까지도 도착하지 않고 있었다.

"하비 씨 형제는 왜 오지 않은 거요?"

왕이 진지한 얼굴로 물었다.

"영국에서 목회 활동을 하느라 몹시 바쁘다고 하더군요. 피터 씨는 그분들을 위해서 굉장한 유산까지 남겼는데 임종도 못 보다니 참 안타까운 일이에요."

"유산이라고요?"

왕이 대수롭지 않다는 듯 물었다.

하지만 나는 왕이 몹시 흥분하고 있다는 걸 느낄 수 있었다.

"피터 씨는 전 재산을 조카딸들과 동생들에게 똑같이 나누어 준다는 유언장을 남겼어요. 현금만 해도 수천 달러나 된다고 하던걸요."

청년은 코앞에 보이는 증기선을 돌아보면서 말했다.

왕은 청년에게 계속해서 질문을 퍼부었다. 피터 윌크스의 직업이나 친구들 이름, 조카딸들의 나이와 생김새, 성격까지 골치 아플 정도로 꼬치꼬치 캐물었다. 청년은 친절하게도 왕이 묻는 말에 아주 자세히 대답해 주었다.

"그래, 장례식은 언제 치른다던가?"

왕이 배에서 내리려는 청년을 붙잡고 마지막으로 물었다.

"내일 정오 무렵일 거예요."

청년은 대답을 하고 나서 깍듯하게 인사를 한 다음 곧바로 증기선에 올랐다.

증기선이 출발하자마자 왕은 흐뭇한 미소를 지었다. 나는 왕이 무슨 일을 꾸미려고 하는지 알 것 같았지만 아무것도 모르는 척했다. 왕은 배를 타고 강 상류 쪽으로 조금 더 올라간 곳에서 먼저 내렸다.

"허크, 빨리 뗏목으로 가서 공작을 데려와라. 새 여행 가방을 챙겨 들고, 옷도 잘 차려입어야 한다고 꼭 전하고."

왕은 강둑에 올라서서 다급하게 말했다.

나는 왕이 시키는 대로 뗏목이 있는 곳까지 가서 공작을 태우고 돌아왔다.

공작이 오자마자 왕은 청년에게 들은 이야기를 하나도 빠짐없이 들려주었다. 말하는 동안 왕은 영국 사람의 말투를 흉내 내려고 애썼다. 제법 그럴듯한 말투였다.

"이번에 잘하면 제대로 한몫 챙길 수 있을 거야. 그러니 자네는 벙어리 흉내를 잘 해내야 해."

"걱정 마세요. 연극할 때도 몇 번 해 봐서 자신 있어요."

두 사람은 마치 내가 옆에 없는 것처럼 저희들끼리 이야기하면서 웃었다. 그들은 나를 완전히 한패로 여기는 것 같았지만 나는 그럴 생각이 전혀 없었다. 하지만 왕이 나도 함께 가야 한다고 했기 때문에 어쩔 수 없이 따라 움직였다.

오후에 우리는 증기선을 타고 마을로 향했다. 멀리서 오는 여행자들처럼 보이려고 얼마 되지도 않는 거리에서 일부러 증기선을 탄 것이었다.

마을에 도착했을 때 사람들이 여럿 선착장에 나와 있다가 우리를 보고 웅성거렸다.

왕이 먼저 배에서 내려 천연덕스럽게 물었다.

"여러분 중에 혹시 피터 윌크스 씨 집을 아는 분이 계신가요?"

그 말에 한 사람이 앞으로 달려나오며 대답했다.

"하비 윌크스 씨죠? 드디어 오셨군요. 안타깝게도 피터 씨는 어제 돌아가셨답니다."

"맙소사! 형님이 돌아가시다니!"

왕은 갑자기 이마를 잡고 비틀거리더니 옆 사람의 어깨에 얼굴을 파묻고 엉엉 소리 내어 울기 시작했다. 왕이 이런저런 손짓을 해 보이자 벙어리 행세를 하느라 가만히 있던 공작도 가방을 떨어뜨리고 울음을 터뜨렸다. 나는 이 뻔뻔스러운 사기꾼들에게 치가 떨렸다. 당장이라도 사람들 앞에 나서서 두 사기꾼들의 정체를 밝히고 싶었다. 하지만 나도 같은 일당으로 몰릴 게 뻔했기 때문에 용기가 나지 않았다.

피터 윌크스의 형제들이 도착했다는 소문은 삽시간에 퍼져 나갔다. 우리가 피터 윌크스의 집 앞에 도착했을 때는 구경꾼들로 발 디딜 틈이 없을 정도였다.

왕이 빨간 머리 아가씨를 향해 팔을 벌렸다. 청년이 말한 대로라면 그 아가씨는 첫째 조카인 메리 제인이 분명했다.

"네가 메리 제인이로구나. 내가 바로 하비 삼촌이란다."

왕이 외치자 메리 제인이 와락 안기면서 눈물을 흘렸다.

공작도 벙어리 행세를 완벽하게 하면서 메리 제인의 동생들인 수잔과 조안나를 부둥켜안고 입을 맞추었다. 그리고 나서는 나란히 피터 윌크스의 시신이 안치되어 있는 방으로 가서 다시 한 번 눈물바다를 연출했다. 왕과 공작이 어찌나 완벽하게 연기를 하던지 구경꾼들까지 모두 눈물을 흘렸다.

왕은 울먹이며 목사답게 연신 아멘을 외쳤다. 또 형이 보낸 편

지에서 읽었다며, 마을 사람들 이름을 들먹거리고 일일이 인사
를 나누었다. 그쯤 되고 보니 마을 사람들 중 누구도 두 사람을
의심하지 않게 되었다.

　조금 뒤, 메리 제인이 피터 윌크스의 유언장을 가져와서 보여
주었다. 유언장에는 집과 금화 3,000달러를 조카딸들에게 주

고, 하비와 윌리엄 형제에게는 가죽 공장과 약간의 땅, 그리고 금화 3,000달러를 준다고 적혀 있었다.

"하비 삼촌, 금화 6,000달러는 지하실에 있어요."

메리 제인이 친절하게 일러 주었다.

"그래? 형님이 남기신 귀한 금화를 한번 보고 와야겠구나."

왕은 나에게 촛불을 들고 앞장서라고 했다. 왕과 공작, 나, 이렇게 셋만 지하실로 갔다. 그곳에는 정말로 금화 자루가 있었다. 두 사기꾼들은 주위를 두리번거리면서 금화를 바닥에 쏟아 놓고는 6,000달러가 맞는지 확인해야 한다며 하나하나 세어 보았다. 그런데 450달러가 모자랐다.

"이런, 니무 이퍼서 셈을 제대로 못했나 보군. 그나저나 사람들이 돈이 모자라는 걸 알게 되면 우리가 빼돌렸다고 의심하지 않을까?"

왕이 걱정스럽게 말했다.

공작이 잠깐 생각을 하더니 주머니에서 돈을 꺼내 놓으며 말했다.

"여기 우리가 그동안 모은 돈이 있어요. 이걸로 채워 넣으면 될 거예요. 어차피 우리 몫으로 다시 받게 될 테니까요."

왕은 손뼉을 치면서 공작의 비상한 머리를 칭찬했다.

두 사람은 금화를 다시 자루에 담았다. 그러다 공작이 문득 생각난 듯 말했다.

"우리 이 금화를 애들한테 몽땅 주겠다고 해요. 혹시라도 우릴 의심하는 사람이 있을지 모르니 그렇게 해서 확실하게 믿음을 얻는 거죠."

"역시 자네는 머리가 좋아. 일단 줬다가 나중에 다시 챙겨서 달아나면 그만이지."

왕은 보기 싫게 웃었다.

왕과 공작은 금화 자루를 들고 올라가 사람들 앞에 내놓았다.

"여러분, 저와 윌리엄은 이 돈을 조카들에게 모두 주기로 했습니다. 피터 형님이 저희들 몫으로 반을 남기셨지만 불쌍한 조카들에게 기꺼이 양보할 생각입니다. 가엾은 아이들이 편안하게 살아야 하니까요."

왕이 말하자 사람들은 박수를 치며 환호했다. 조카들은 왕과 공작에게 달려가 품에 안겼다. 사람들은 이 완벽한 사기꾼들을 아낌없이 칭찬하며 존경어린 눈빛으로 악수를 청했다.

왕과 공작은 만족한 듯 흐뭇하게 웃으며 사람들을 둘러보았다. 나는 그들의 음모가 계획대로 진행되는 게 안타까워서 가슴이 답답했다.

사기꾼들에게 닥친 위기

    왕과 공작이 사람들에게 둘러싸여 칭송을 받고 있을 때 얼굴이 길쭉한 남자가 코웃음을 치며 앞으로 나섰다.

    마을 사람들이 의아한 표정을 지었다.

    "웃기는군. 이 사악한 사기꾼들 같으니라고!"

    남자는 왕을 노려보면서 무섭게 말했다. 사람들이 깜짝 놀라서 남자를 말렸다.

    "로빈슨 선생님, 왜 그러세요? 이분은 하비 윌크스 씨예요."

    그 말에 로빈슨이라고 불린 남자는 콧방귀를 날렸다.

    "하비 윌크스라고? 그 따위 서둔 영국식 밀투로 지금 사기를 치려는 거야? 다른 사람들은 다 속아 넘어갔는지 몰라도 난 절대로 안 속아. 당신은 사기꾼이 분명해."

왕은 순간 약간 긴장한 듯했지만 이내 아무렇지 않은 얼굴로 말했다.

"로빈슨 선생님이라면 형님의 의사 친구분이시군요. 형님이 편지에서 선생님 얘기를 자주 했는데……."

왕이 손을 내밀며 다가가자 로빈슨 선생은 얼굴을 더 험악하게 일그러뜨렸다.

"더러운 손 치워! 피터 윌크스는 나와 절친한 친구 사이였어. 나는 그 친구의 형제들이 어떤 사람인지 훤히 알고 있지. 그러니 날 속일 생각일랑 하지 않는 게 좋을 거야."

로빈슨 선생의 말투는 단호했다.

나는 속으로 잘된 일이라고 생각했다. 이제라도 왕과 공작이 이 일에서 손을 뗐으면 하는 마음이 간절했다.

하지만 로빈슨 선생을 제외한 나머지 사람들은 모두 왕의 편을 들었다. 그들은 왕이 조카들에게 금화를 모두 양보할 만큼 너그럽고 욕심이 없는 사람이라며 로빈슨 선생을 설득하려 했다. 그래도 무슨 생각 때문인지 로빈슨 선생은 전혀 흔들리지 았다.

그때 메리 제인이 금화 자루를 들고 앞으로 나서며 말했다.

"아저씨가 피터 삼촌과 둘도 없는 친구 사이였다는 건 저도 잘 알아요. 하지만 여기 계신 이분들은 틀림없이 영국에서 오신 저희 삼촌들이에요. 그래서 저는 이 금화를 모두 하비 삼촌에게 맡기겠어요."

메리 제인은 왕에게 금화 자루를 건네주었다. 왕은 세 조카들을 껴안고 로빈슨 선생을 향해 거만하게 웃어 보였다.

로빈슨 선생은 얼굴이 벌겋게 달아올라서 입을 열었다.

"좋아. 나는 더 이상 상관하지 않을 테니 마음대로들 하시오. 하지만 언젠가 내 말을 듣지 않은 걸 후회하게 될 거요."

로빈슨 선생은 말을 마치자마자 사람들을 헤치고 쌩하니 가 버렸다. 사람들이 로빈슨 선생을 손가락질하며 수군거렸다.

하지만 나는 멀어져 가는 그의 뒷모습을 보면서 발을 동동 굴렀다. 메리 제인과 수잔, 조안나는 왕의 품에 안겨 천진난만하게 웃고 있었다.

'더는 안 되겠어. 나라도 나서서 순진한 자매들의 돈을 지켜 줘야지……'

나는 그렇게 마음을 먹었다. 언제까지 왕과 공작의 음모를 지켜보고만 있을 수는 없었다.

그날 저녁, 마을 사람들이 돌아가고 나서 다같이 저녁 식사를 했다. 왕과 공작은 메리 제인이 안내해 준 2층 방에 짐을 풀고 와서 마음 좋은 삼촌답게 조카들과 이야기꽃을 피웠다. 왕은 이야기가 오갈 때마다 공작에게 이야기 내용을 전하는 척하려고 요상한 손짓을 해 보였다. 그들은 정말 치밀한 사기꾼들이었다.

나는 하인 한 사람에게 피곤해서 먼저 자겠다고 말하고 내가 묵기로 한 다락방으로 올라갔다. 그리고 잠깐 동안 분위기를 살피다가 몰래 2층 방으로 내려갔다.

"분명히 금화 자루를 이 방으로 가지고 올라갔는데……."

나는 어둠 속에서 손을 이리저리 더듬어 보았다. 너무 캄캄해서 아무것도 분간할 수가 없었다. 바로 그때, 2층으로 올라오는 발소리가 들렸다. 나는 깜짝 놀라서 얼른 옷장 커튼 뒤로 들어가 옷가지 사이에 몸을 숨겼다.

왕과 공작은 방에 들어오자마자 문을 걸어 잠그고 방 안을 한 번 살폈다.

공작이 먼저 입을 열었다.

"금화만 챙겨서 내일 새벽에 몰래 도망치는 게 좋겠어요. 아무래도 그 의사 선생이라는 자가 자꾸 마음에 걸려요."

"무슨 소리야! 굴러온 복을 차 버리겠다는 거야? 땅이며 집까지 처분하면 돈이 얼만데. 이번 일만 잘 끝나면 우린 평생 편하게 놀고먹을 수 있다고."

왕의 말에 솔깃해서 공작도 이내 마음을 고쳐먹었다.

나는 숨소리를 죽인 채 두 사람의 이야기에 계속 귀를 기울였다. 그들은 금화 자루를 숨길 곳을 고민하기 시작했다.

"검둥이 하인들이 청소를 한다고 들락거리다가 손을 댈 수도 있잖아. 어디다 숨기면 좋을까?"

왕이 이곳저곳 들추어 보면서 물었다.

나는 행여라도 내가 숨어 있는 옷장 커튼을 열까 봐 간이 콩알만 해졌다.

"영감님, 여기 이 침대 매트리스 밑에 넣어 두는 게 좋겠어요. 아무리 자주 청소를 한다고 해도 침대 매트리스까지 들어 내지는 않을 테니까요."

"자네 말이 옳아."

두 사람은 낄낄대면서 매트리스 밑에 금화 자루를 숨기고 나서 다시 아래층으로 내려갔다.

나는 재빨리 매트리스를 들추고 금화 자루를 꺼내 다락방으로 가져다 깊숙이 숨겼다.

그런데 영 마음이 놓이지 않았다.

"돈 자루가 없어진 걸 알면 집 안을 샅샅이 뒤질 게 뻔한데 어떡한담? 이 방에서 발견되면 저자들이 날 가만두지 않으려고 할 텐데……."

나는 곰곰 생각에 잠겼다. 아무래도 방 안보다는 집 밖 어딘가에 숨겨 두는 게 좋을 것 같았다.

얼마 뒤, 왕과 공작이 2층 방으로 들어가는 소리가 났다. 두 사람은 금방 잠이 들었는지 아무런 말소리도 들리지 않았다.

나는 금화 자루를 들고 2층 방문 앞을 지나 아래로 살금살금 내려갔다. 하지만 현관에 자물쇠가 채워져 있어서 밖으로 나갈 수가 없었다. 내가 어쩔 줄 몰라서 우왕좌왕하고 있을 때 누군가 계단을 내려오는 소리가 들렸다. 나는 급히 주위를 살피다가 문이 조금 열려 있는 방으로 들어갔다. 그 방에는 피터 윌크스의 시신이 든 관이 놓여 있었다. 관 뚜껑이 조금 열린 채였다. 관을 봉하기 전에 마지막으로 고인의 얼굴을 볼 수 있도록 열어 놓은 것이었다. 시신의 얼굴이 수건으로 덮여 있었지만 나는 온몸에 소름이 쫙 끼쳤다. 방 전체에 서늘한 기운이 감돌았다. 다시 한 번 관 속을 힐끔 돌아보는 순간, 좋은 생각이 떠올랐다.

'관 속에 돈 자루를 숨기면 되겠다. 그럼 아무도 찾아내지 못할 거야. 메리 제인한테는 나중에 편지를 보내서 알려 주면 돼.'

그건 정말 좋은 생각인 것 같았다. 나는 얼른 금화 자루를 시신의 팔 밑에 넣었다. 무서워서 손이 덜덜 떨렸다. 시신의 차가운 느낌이 손에 닿았을 땐 하마터면 소리를 지를 뻔했다. 부들부들 떨면서 겨우 금화를 숨기고 문 뒤로 가서 숨었을 때, 메리 제인이 방 안으로 들어왔다.

그녀는 관 앞에 털썩 주저앉았다.

"삼촌, 피터 삼촌."

메리 제인은 손수건에 얼굴을 파묻은 채 흐느껴 울었다.

나도 공연히 가슴이 찡해 왔다. 그녀는 울음을 쉽게 그칠 것 같지 않았다. 나는 조금 더 숨어 있다가 조심스럽게 거실로 빠져나갔다. 모두 잠이 들었는지 메리 제인의 울음소리 외에는 아무 소리도 들리지 않았다.

나는 다시 고양이처럼 살금살금 걸어서 다락방으로 올라갔다. 잠자리에 누웠지만 쉽게 잠이 오지 않았다. 왕이 워낙 치밀한 사람이라 관을 봉하기 전에 금화 자루를 찾아낼지도 모른다는 생각이 들었다.

'다시 가서 돈 자루를 가져올까?'

생각은 굴뚝 같았지만 엄두가 나지 않았다. 나는 내내 뒤척거리다가 날이 훤하게 밝아 올 무렵에야 잠이 들었다.

진짜와 가짜

다음 날 정오 무렵, 장의사가 일꾼 한 사람을 데리고 왔다. 장
의사는 방 한가운데 의자를 길게 늘어놓고 그 위에 관을 올렸
다. 뒤쪽으로는 사람들이 앉을 수 있도록 줄을 맞추어 의자를
놓았다.

왕과 공작, 메리 제인, 수잔, 조안나가 가족의 자격으로 맨 앞
줄에 놓인 의자에 앉았다. 마을 사람들이 그 뒷자리를 채웠다.

드디어 장례식이 시작되었다. 왕부터 시작해서 한 줄로 천천
히 앞으로 나가 고인과 마지막 인사를 나누었다. 여기저기서 흐
느끼는 소리가 간간이 들렸다. 조용한 가운데 장례식이 엄숙하
게 진행되었다.

나는 불안한 마음으로 장례식을 지켜보았다.

'누군가 관 속에 든 돈 자루를 발견하면 어쩌지?'

하지만 천만다행으로 장례식 절차가 모두 끝날 때까지 아무 일도 일어나지 않았다.

모든 절차가 끝나자 장의사가 관에 못질을 하려고 뚜껑을 끌어당겼다. 나는 그가 마지막으로 시신을 매만지려고 관 속을 살피지나 않을까 싶어서 안절부절못했다. 손에서 진땀이 다 배어날 정도였다. 다행히 장의사는 관 뚜껑에 곧바로 못질을 했다. 그리고 관을 땅에 묻는 것으로 장례식은 완전히 끝났다.

그날 저녁, 왕은 조문객들과 일일이 인사를 나누고 나서 앞으로 걸어 나왔다. 공작이 그림자처럼 왕의 뒤를 따라다녔다. 나는 왕이 곧 욕심이 가득 찬 속내를 드러낼 거라고 생각했다.

"여러분, 형님의 장례식에 함께해 주셔서 진심으로 감사합니다. 형님도 흐뭇해하셨을 겁니다. 이렇게 마음 따뜻한 여러분과 헤어지기 무척 아쉽지만 영국에서 기다리고 있는 신도들 때문에 서둘러 돌아가야 할 것 같습니다. 형님이 물려주신 재산은 모두 처분해서 영국에 돌아가 좋은 일을 하는 데 쓰도록 하겠습니다."

왕이 말하자 여기저기서 아쉬워하는 소리가 터져 나왔다.

세 조카들은 눈물을 글썽거렸다.

왕이 그녀들을 힐끔 돌아보고 나서 말했다.

"아! 제 조카들도 함께 데리고 갈 겁니다. 형님도 안 계신데 제가 데려가서 돌봐야죠."

그 말에 조카들은 뛸 듯이 기뻐하면서 왕에게 달려가 매달렸다. 마을 사람들은 왕과 공작을 향해 박수를 보내면서 입에 침이 마르도록 칭찬을 했다.

다음 날 왕은 집과 땅, 노예들을 경매에 붙인다는 광고를 냈다. 곧바로 노예 장수들이 몰려왔다. 왕은 노예들을 부모 자식 할 것 없이 제각각 나누어서 팔아넘겼다. 가족끼리 뿔뿔이 흩어져서 팔려 가게 된 노예들은 마음 착한 조카들에게 매달려 울부짖었다. 조카들도 안타까운 듯 서럽게 울었다. 하지만 매정한 노예 장수들은 아랑곳하지 않고 노예들을 끌고 가 버렸다.

"아무리 노예들이라고 해도 부모와 자식을 갈라놓는 건 너무 심했어. 인정 많은 하비 씨 형제가 왜 일을 그렇게 처리할까?"

구경하던 사람들이 고개를 갸우뚱하며 수군거렸다.

그 말을 듣고 왕과 공작은 당황했지만 이미 끝난 일이었다.

두 사람은 불안해서 그런지 일을 더 서둘렀다. 나는 사기꾼들이 계획한 대로 일을 진행시켜 가는 게 답답하고 걱정스러웠지만 막을 방법이 없었다. 그나마 노예와 재산을 처분했다가 사기꾼들의 짓이라는 게 밝혀지면 일주일 뒤에 다시 원래 주인에게 돌려주도록 하는 법이 있어서 다행이었다.

왕과 공작도 그 사실을 알고 있었기 때문에 전혀 죄책감을 느끼지 않는 듯했다.

다음 날은 노예들에 이어 집과 땅을 처분하기로 되어 있었다. 아침 일찍 왕과 공작이 허둥대며 다락방으로 올라와서 나를 흔들어 깨웠다. 왕이 아주 심각한 얼굴로 물었다.

"허크, 너 혹시 우리 방에 들어왔었니?"

나는 그들이 금화 자루가 없어진 걸 알아채고 묻는다는 걸 알면서도 시치미를 뚝 떼고 눈을 비비며 말했다.

"아뇨. 전 그 방에 한 번도 들어간 적이 없는데요."

왕과 공작의 얼굴이 더 흉하게 일그러졌다.

공작이 안달이 나서 물었다.

"그럼 누가 우리 방에 들어가는 걸 본 적은 있니?"

"글쎄요. 참, 장례식 날 하인들이 그 방에서 나오는 걸 봤어요. 청소를 하고 나오나 했는데 어쩐 일인지 굉장히 조심스럽게 행동하는 것 같았어요."

나는 왕과 공작이 금화를 포기하게 하려고 그렇게 둘러댔다.

노예들은 팔려 가고 없으니 두 사람도 어쩔 수 없을 터였다.

"망할 놈들! 그 검둥이 놈들 짓이 틀림없어."

왕과 공작은 이를 부드득부드득 갈면서 밖으로 나갔다.

나는 무슨 일인지 물어보려다 그만두었다. 자꾸만 웃음이 터져 나오려고 했다.

나는 조금 더 누워 있다가 아래층으로 내려갔다. 메리 제인이 여행 가방을 챙기면서 울고 있었다. 나는 가슴이 무너져 내리는 듯 아파서 조용히 다가가 물었다.

"아가씨, 왜 울고 계세요?"

"울면서 팔려 간 노예들이 불쌍해서 눈물이 나요. 너무 슬퍼서 삼촌들을 따라 영국으로 가는 것도 별로 기쁘지 않네요."

메리 제인은 울먹이는 소리로 겨우 말했다.

나는 그 모습이 가여워서 모든 일을 솔직하게 털어놓기로 마음먹었다. 내가 문을 잠그고 나서 앞으로 바싹 다가앉자 메리 제인이 의아한 눈으로 쳐다보았다.

"드릴 말씀이 있어요. 제 얘기를 들으면 많이 놀라실 거예요. 그래도 꼭 아셔야 할 일이에요."

내 말에 메리 제인이 눈을 동그랗게 떴다.

나는 증기선을 타러 가는 청년을 만났을 때부터 지금까지의 일을 하나도 빠짐없이 모두 말해 주었다. 그 전에 거짓 연극을 해서 사람들에게 사기를 쳤던 일까지도 말했다.

메리 제인은 주먹을 꼭 쥔 채 몸을 부들부들 떨면서 내 이야기를 들었다.

"짐승만도 못한 인간들이군요!"

"맞아요. 하지만 흥분해서 함부로 나섰다간 그 사기꾼들을 놓칠 수도 있어요. 우선은 저를 좀 도와주세요. 제가 모든 사실을 폭로한 걸 알면 저를 죽이려고 들 거예요. 그러니 제가 마을에서 도망칠 때까지만 기다렸다가 사람들에게 모든 사실을 알리고 감옥에 잡혀가게 하세요."

메리 제인은 고개를 크게 끄덕여 보였다.

하지만 나는 마음이 놓이지 않았다. 표정을 보면 누구라도 단박에 그녀가 큰 비밀을 숨기고 있다는 걸 알아챌 것 같았다. 그녀는 속마음을 잘 숨기지 못하는 순진한 아가씨였다.

"아무래도 안 되겠어요. 아가씨, 오늘은 가짜 삼촌들과 얼굴을 마주하지 말고 피해 있도록 하세요. 밤중까지 머물 만한 이웃집이 있나요? 거기 가 계시는 동안 제가 마을을 빠져나갈게요. 그러면 밤에 돌아와서 마을 사람들에게 얘기해서 사기꾼들을 잡도록 하세요."

"알겠어요. 마을 끝에 사시는 로드롭 씨 집에 가 있다 올게요. 사기꾼들한테는 그 집 아주머니가 아파서 다녀와야 한다고 말하면 돼요."

메리 제인은 짐을 조금 챙겨서 급히 집을 빠져나갔다. 나에게 말한 대로 로드롭 부인이 아프다는 핑계를 대고 나갔기 때문에 왕과 공작은 아무런 의심도 하지 않았다. 나는 메리 제인을 뒤따라 나가 급히 쓴 편지 한 장을 건네주었다. 편지에는 금화 자루를 관 속에 숨겨 두었다는 내용이 적혀 있었다.

왕과 공작은 메리 제인이 없는 것을 오히려 기뻐했다. 집에는

140

어린 수잔과 조안나만 남아 있었기 때문에 아무런 눈치도 볼 필요가 없다고 생각하는 듯했다.

그들은 신이 나서 경매를 진행했다. 왕은 마을 사람들의 의심을 사지 않도록 틈틈이 성경 구절을 외며 너그러운 웃음을 지어 보였다. 그 옆에서 공작은 착하고 마음 여린 벙어리 흉내를 내느라 여념이 없었다. 그 모습에 나는 구역질이 날 만큼 역겨움을 느꼈다.

왕은 집 안에 있는 가재도구부터 집, 땅을 차례차례 경매에 붙였다. 모든 재산을 거의 다 팔아넘기고 마지막으로 변두리에 있는 황무지를 막 경매에 붙이려고 할 때였다.

"어? 저 사람들은 누구지? 하비 씨 형제랑 똑같은 사람들이 또 나타났네?"

누군가 소리쳤다. 사람들이 깜짝 놀라서 쳐다본 쪽에는 정말로 점잖은 노신사와 왼팔에 붕대를 감은 젊은이가 멀뚱거리며 서 있었다.

나는 속으로 만세를 불렀다. 이제 진짜 하비 윌크스 형제가 나타났으니 왕과 공작의 사기 행각은 저절로 끝이 날 게 뻔했다.

하지만 기가 막히게도 왕과 공작은 얼굴빛 하나 변하지 않고 너무나 태연했다. 오히려 내가 당혹스러울 지경이었다.

노신사는 어처구니없다는 듯 왕과 공작을 바라보며 잠시 동안 입을 다물고 있다가 정확한 영국 발음으로 말했다.

"오는 길에 배가 폭풍우를 만나서 늦었는데 생각지도 못한 일이 생겼군요. 동생은 그 사고로 팔까지 다쳤습니다. 진실은 반드시 밝혀질 테니 그때 가서 얘기하도록 하지요. 그때까지 동생과 나는 여관에 가서 좀 쉬겠습니다."

노신사는 간단하게 말하고 그대로 돌아서 갔다. 품위가 넘치는 말투였다. 마을 사람들은 멀어져 가는 노신사와 젊은이를 물끄러미 바라보았다.

왕이 큰 소리로 웃으며 말했다.

"쳇, 팔을 다쳤다고? 아주 그럴듯하게 연극을 하고 있군."

왕을 칭찬하던 사람들도 따라 웃었다.

하지만 몇몇 사람들은 웃지 않았다. 웃지 않은 사람들 중에는 로빈슨 선생과 변호사인 벨이 끼여 있었다.

로빈슨 선생이 사람들을 헤치고 앞으로 나섰다.

"여러분, 제가 이자들이 사기꾼이라고 했지요? 지금 당장 여관으로 따라가서 어느 쪽이 진짜인지 가려 봅시다. 그럼 제 말이 옳다는 게 밝혀질 겁니다. 저는 방금 도착한 사람들이 진짜인지 가짜인지는 잘 모릅니다. 하지만 여기 있는 이자들이 사기꾼이라는 것만은 확신할 수 있습니다. 제가 벨과 함께 반드시 진실을 밝혀 내겠어요."

사람들은 왕과 공작을 앞세우고 여관으로 몰려갔다.

로빈슨 선생은 내 손을 잡아끌고 갔다.

사람들은 여관에서 가장 큰 방으로 들어가서 새로 온 노신사와 젊은이를 불러 왔다. 로빈슨 선생이 가운데 의자에 앉아서 말했다.

"우선 금화 자루를 가져와야겠어요. 진실이 밝혀질 때까지는 우리가 맡아 두고 있어야 할 것 같은데, 여러분들 생각은 어떠신가요?"

그 말에 모든 사람들이 찬성했다.

나는 왕과 공작이 독 안에 든 쥐나 마찬가지라고 생각했다.

"저도 그 의견에 찬성합니다. 하지만 돈은 저희들한테 없어요. 메리 제인이 돈을 보관해 달라고 해서 매트리스 밑에 감춰두었는데 감쪽같이 없어졌습니다. 손버릇 고약한 어느 검둥이가 팔려 가기 전에 손을 댄 것입니다. 정말이에요. 저 아이가 봤답니다."

왕이 말을 하면서 나를 가리켰다.

나는 깜짝 놀라서 얼굴이 뻣뻣하게 굳었다.

로빈슨 선생이 나에게 물었다.

"네가 정말 노예가 돈을 훔치는 걸 봤단 말이냐?"

"아니, 훔치는 걸 본 건 아니고, 돈 자루가 있는 방에서 나오는 걸 봤는데요."

나는 왕의 눈치를 살피며 조심스럽게 대꾸했다.

로빈슨 선생은 계속해서 나에게 영국에서의 생활에 관해 물었다. 나는 쩔쩔매면서 억지로 이야기를 꾸며 대답했다. 영국에 관해서 아는 게 거의 없었지만 왕이 매섭게 노려보고 있었기 때문에 어쩔 도리가 없었다.

"얘야, 그만해라. 넌 저자들처럼 뻔뻔한 사기꾼이 되려면 아직 먼 것 같구나."

내 이야기를 듣던 로빈슨 선생과 벨 변호사가 어처구니없다는 듯 웃었다.

하지만 왕과 공작은 여전히 고개를 빳빳이 쳐들고 뻔뻔스럽게 앉아 있었다.

진짜와 가짜를 가려 내기 위한 조사는 저녁때까지 계속되었다. 시간이 지날수록 마을 사람들의 의견은 왕과 공작이 사기꾼이라는 데 모아지고 있었다.

갑작스러운 이별

저녁 시간이 조금 지났을 무렵, 벨 변호사가 진짜와 가짜를 가려 낼 수 있는 좋은 방법을 한 가지 제안했다.

"두 사람의 필적을 조사해 보도록 해요. 죽은 피터 윌크스 씨가 하비 씨에게서 받은 편지에 있는 필적과 같은 사람이 진짜일 테니까요. 자, 두 사람 다 여기에 사인을 해 봐요."

벨 변호사가 종이 한 장을 내밀었다. 왕과 노신사가 번갈아 가며 사인을 하자 벨 변호사가 편지 뭉치를 꺼내서 나란히 놓고 대조했다. 왕은 모든 것을 체념한 듯 어깨를 축 늘어뜨리고 있었다. 그때 벨 변호사가 말했다.

"이상하군요. 두 사람 다 이 편지에 있는 필적과 달라요."

왕과 노신사에게 똑같이 사람들의 따가운 시선이 쏟아졌다. 노신사가 차분하게 입을 열었다.

"난 원래 필체가 좋지 않아요. 그래서 내가 편지를 쓰면 여기 있는 동생이 다시 베껴서 보내곤 했지요. 동생이 당장 증명해 보일 수 있으면 좋을 텐데 지금 저렇게 팔을 다쳐서 글을 쓰지 못하니 방법이 없군요."

하지만 사람들은 그 말을 곧이들으려 하지 않았다. 사람들은 양쪽 다 거짓말을 하고 있다고 생각했다.

"참, 좋은 생각이 떠올랐어요. 죽은 형님의 가슴에 문신이 있습니다. 그게 어떤 모양인지 맞히는 사람이 진짜겠지요."

노신사는 확신에 차서 말하고는 왕을 돌아보았다.

왕은 순간 움찔했지만 이내 능청스럽게 대답했다.

"맞아요. 형님 가슴에 문신이 있지요. 그건 작고 푸른 화살 모양이에요."

그 말에 노신사는 어이없다는 듯 웃었다.

"천만에. 형님의 가슴에는 우리 삼형제의 이름 첫 글자를 딴 P-H-W 세 글자가 새겨져 있어요."

방 안에는 팽팽한 긴장감이 감돌았다. 겉으로 보기에는 아직까지 어느 쪽도 기가 죽거나 하지 않았다.

사람들은 웅성거리며 시체를 수습한 장의사를 불러 왔다.

"시체에는 아무 문신도 없었어요. 확실해요. 저를 도와서 함께 일한 터너도 보았는걸요."

장의사는 고개를 가로저으며 말했다.

사람들은 몹시 화가 나서 금방이라도 달려들 듯한 기세로 입을 모아 소리쳤다.

"네 명이 모두 사기꾼이야. 이놈들을 당장 강으로 끌고 가서 물속에 처넣어야 해!"

방 안은 아수라장이 되었다.

노신사는 답답한 듯 가슴을 쳤고, 왕은 오히려 잘됐다는 듯 편안한 얼굴이었다.

벨 변호사가 일어나서 사람들을 진정시켰다.

"자자, 여러분, 진정하시고 제 얘기 좀 들어 보세요. 여기서 이럴 게 아니라 지금 당장 관을 파내서 확인해 봅시다. 그 다음에 사기꾼들을 벌줘도 늦지 않습니다."

"그럽시다. 네 놈들과 저 아이까지 모두 끌고 가서 거짓말이라는 게 밝혀지면 한꺼번에 강물에 처넣어 버립시다."

사람들은 흥분해서 떠들어 냈다.

나는 눈앞이 캄캄했다. 메리 제인을 다른 곳으로 보내 버려서 내 결백을 증명해 보일 수 없다는 게 안타까울 뿐이었다.

　나는 어떤 남자의 억센 손아귀에 이끌려 무덤까지 따라갔다. 갑자기 캄캄한 밤 하늘에 번개가 번쩍이고 천둥이 울렸다. 사람들이 무덤을 파는 동안 나는 너무 무서워서 넋이 나간 사람처럼 멍하니 서 있었다.

　마침내 관 뚜껑이 열리고 시체가 모습을 드러냈다. 순간, 또다시 번갯불이 번쩍하면서 숲속을 대낮같이 환하게 비추었다.

"이게 뭐야! 돈 자루가 여기 있잖아."

누군가 외치자 사람들이 관 앞으로 우르르 몰려갔다. 내 손을 잡고 있던 사람도 나를 남겨 둔 채 사람들 틈으로 뛰어들어갔다. 나는 그때를 놓치지 않고 재빨리 달아났다. 비가 마구 퍼붓고 천둥 소리도 끊이지 않았다. 나는 강가에 도착할 때까지 한 번도 쉬지 않고 줄곧 달렸다.

강가에는 마침 통나무배 한 척이 묶여 있었다. 급한 나머지 남의 배라는 생각도 하지 못하고 무작정 올라타고는 뗏목이 있는 곳으로 갔다.

"짐, 나야. 허크가 돌아왔다고."

"허크, 정말 돌아왔구나! 얼마나 기다렸는지 몰라."

짐이 오두막에서 뛰어나와 울먹이는 소리로 외쳤다.

우리는 곧바로 뗏목을 띄워 도망쳤다. 왕과 공작을 떼어 버렸다는 게 꿈만 같았다. 우리는 너무 좋아서 뗏목 위에서 춤을 추며 겅중겅중 뛰어다녔다.

하지만 기쁨은 잠깐뿐이었다. 마을을 벗어나기도 전에 왕과 공작이 통나무배를 타고 쫓아온 것이었다. 나는 온몸에서 힘이 쭉 빠져 털썩 주저앉고 말았다.

"이놈들아! 우릴 버리고 갈 작정이었냐?"

왕은 뗏목에 오르면서 내 멱살을 잡고 불같이 화를 냈다.

"두 분이 사람들한테 잡혀서 빠져나오지 못한 줄 알았어요."

"그래, 알았다. 이봐요, 영감. 당신은 도망칠 때 이 아이 생각을 했소? 그나마 사람들이 돈 자루를 보고 달려드는 바람에 도망쳐서 목숨이라도 건졌으니 고맙게 생각해야지."

공작이 나서서 말렸다.

왕은 나를 거칠게 밀쳐 내면서 공작을 노려보았다.

"그나저나 돈 자루가 왜 관 속에 들어가 있었던 거지? 그건 검둥이들 짓이 아니라는 얘긴데……. 그럼 자네 짓이로구먼."

"뭐라고? 누가 할 소릴! 당신이 돈 자루를 거기다 몰래 숨겨 놓고 나중에 나 모르게 파내서 혼자 다 차지하려고 한 속셈을 누가 모를 줄 알고?"

왕과 공작은 서로 상대방이 돈을 숨겼다면서 한참 동안 옥신각신했다. 나중엔 한바탕 주먹다짐까지 하고 나서야 지쳐서 싸움을 그만두었다. 두 사람은 등을 돌리고 앉아서 술을 잔뜩 마시고는 취해서 고래고래 소리를 지르다 잠이 들었다.

나는 한숨이 절로 나왔다. 짐도 답답한지 입을 꾹 다물고 아무 말도 하지 않았다.

하루 이틀 지나자 왕과 공작은 또다시 사람들을 속일 궁리를 했다. 하지만 별 신통한 수가 없는지 두 사람은 점점 더 난폭해져 갔다. 짐과 나는 두 사람 일에 더 이상 끼어들지 않기로 하고 애써 모른 척 외면했다.

그러던 어느 날 아침, 우리는 파익스빌이라는 마을 근처에 뗏목을 댔다.

"내가 가서 마을을 한번 둘러보고 오겠네."

왕이 혼자서 마을로 갔다. 그런데 한나절이 지나도록 돌아오지 않았다. 나는 공작과 함께 왕을 찾으러 갔다. 왕은 어느 술집에서 술에 잔뜩 취한 채 마을 사람들 몇과 말다툼을 벌이고 있었다.

"영감, 꼴좋소."

공작이 비아냥거렸다. 그러자 화가 난 왕이 벌떡 일어나서 공작과 엉겨붙었다. 두 사람은 사람들이 빙 둘러선 가운데 엎치락뒤치락하며 싸움을 벌였다.

나는 이때야말로 두 사람을 떼어 버릴 절호의 기회라는 생각이 들어서 곧장 뗏목이 있는 곳으로 달려갔다.

그런데 짐이 아무 데서도 보이지 않았다. 숲속을 샅샅이 뒤져 보았지만 짐은 없었다. 숲속에서 나오다 젊은 남자를 만났다. 나는 짐의 생김새와 옷차림을 자세히 이야기하면서 혹시 보았는지 물었다.

"아까 사일러스 펠프스 씨 집 사람들이 잡아갔는데. 어떤 노인이 40달러에 팔아넘겼다더구나. 원래는 현상금이 200달러나 붙은 노예를 겨우 40달러에 팔다니, 참."

젊은 남자는 혀를 차면서 가 버렸다.

왕이 짐을 팔아넘긴 게 분명했다. 전에 공작이 낮에도 뗏목을 띄울 수 있는 방법이라며 인쇄소에서 찍어 온 가짜 수배 전단이 생각났다. 그 전단지로 또다시 사기를 친 것이었다.

나는 기가 막히고 분해서 치를 떨었다.

'불쌍한 짐, 내가 꼭 자유의 몸이 되게 도와주고 싶었는데.'

나도 모르게 눈물이 주르륵 흘러내렸다. 갑작스러운 이별을 하고 보니 짐과 함께했던 일들이 한꺼번에 떠올랐다. 나는 짐이 무척이나 보고 싶었다.

"그래. 짐을 구하러 가야겠어. 짐은 언제나 내 편이 되어 주었는데 모른 척하면 안 되지."

결심을 하고 나니 마음이 한결 편했다. 나는 우선 뗏목을 다른 곳으로 옮겨서 깊숙이 숨겼다. 왕과 공작이 찾아내지 못하게 하기 위해서였다. 나는 모든 준비를 끝내고 오두막 안에서 날이 밝을 때까지 기다렸다.

짐 구출 작전

다음 날 아침 일찍, 나는 배를 타고 다시 마을로 갔다. 그리고 사람들에게 물어물어 사일러스 펠프스라는 사람 집을 찾아갔다. 펠프스 씨 집은 넓은 농장 한가운데 있었다. 집 주위에는 채소밭과 목화밭이 길게 이어져 있었다.

내가 뜰로 들어섰을 때 열 마리도 넘는 개가 한꺼번에 달려들어 시끄럽게 짖어 댔다. 곧 문이 열리고 여자 하인이 달려나와 개들을 쫓았다. 그 뒤로 나이 지긋한 부인이 뒤따라 나왔다. 부인은 나를 보자마자 반색을 하며 말했다.

"톰, 드디어 왔구나. 네가 온다는 편지를 받고 얼마나 기다렸는지 모른단다. 내가 바로 샐리 이모야. 이렇게 너를 보니 정말 좋구나."

부인은 눈물을 글썽거리며 내 어깨를 감싸안았다. 나는 영문
도 모른 채 어색하게 웃어 보였다. 부인은 자기 아이들과 하인
들에게 차례로 인사를 시킨 다음 나를 안으로 데리고 들어갔다.
나는 사실을 밝힐 새도 없이 얼떨결에 부인의 조카가 되고, 아
이들의 사촌이 되었다. 정말 난처한 일이었다.

'빨리 사실대로 말해야 해. 누군지도 모르는 사람 행세를 할
수는 없잖아.'

나는 의자에 앉기 전에 말하려고 부인을 돌아보았다. 그때 점
잖아 보이는 신사가 들어왔다. 나는 그가 이 집의 주인인 사일
러스 펠프스 씨라는 걸 금방 알 수 있었다.

부인은 내 앞을 가로막고 있다가 옆으로 살짝 비켜나면서 환
하게 웃는 얼굴로 말했다.

"여보, 얘가 바로 톰 소여예요. 제 조카 톰 소여가 드디어 도착
했다고요."

그 말에 나는 기절할 듯 놀랐다. 그들이 기다리고 있던 사람이
바로 나랑 가장 친한 톰이라는 건 정말 기막힌 우연이었다.

펠프스 씨는 내 손을 잡고 아래위로 흔들면서 반가워했다.

'좋아. 톰 소여 역할이라면 얼마든지 할 수 있지. 여기서 톰 소

여로 지내면서 짐을 찾아봐야겠다.'

나는 그때부터 능청스럽게 톰 노릇을 했다. 펠프스 씨 부부는 톰의 가족들에 관해서 이것저것 물었다. 나는 조금도 당황하지 않고 대답해 주었다. 톰 노릇은 제법 재미있는 놀이였다.

하지만 얼마 뒤, 멀리서 증기선 들어오는 소리가 들렸을 때 나는 가슴이 덜컥 내려앉았다. 진짜 톰이 들이닥쳐서 일이 복잡해지면 큰일이었다.

나는 동네 구경을 다녀오겠다고 말하고서 급히 짐마차를 타고 밖으로 나갔다. 한참 내려가다 보니 반대쪽에서 짐마차 한 대가 오고 있었다. 그 짐마차에 톰이 타고 있는 게 보였다. 나는 길가에 멈추어 서서 톰이 탄 짐마차가 바로 앞에 올 때까지 기다렸다가 외쳤다.

"톰, 나야!"

나를 본 톰은 놀라서 입을 다물지 못했다. 잠깐 동안 얼빠진 듯한 표정으로 가쁜 숨을 몰아쉬던 톰은 겨우 이렇게 말했다.

"난 너한테 아무 해코지도 하지 않았잖아. 그런데 왜 하필 내 앞에 나타난 거야?"

톰도 내가 죽어서 유령이 되어 나타났다고 생각하는 모양이었다.

나는 큰 소리로 웃으면서 톰을 마차에서 내리게 했다.

"톰, 나는 죽지 않았어. 죽은 것처럼 꾸몄던 것뿐이야."

톰은 내 몸을 이리저리 만져 보고 나서야 내 말을 믿었다.

나는 톰에게 이곳에 오게 된 사연을 자세히 들려주었다. 그리고 집 안 어딘가에 잡혀 있을 짐을 구해 내야 한다는 말도 했다. 톰은 눈이 휘둥그레져서 나를 빤히 쳐다보았다.

"그런 눈으로 쳐다보지 마. 노예를 숨겨 주면 안 된다는 건 나도 잘 알아. 하지만 짐은 친구잖아. 난 짐을 구해 주고 싶어."

나는 공연히 얼굴이 달아올라서 다른 곳을 보고 말했다.

그런데 톰이 뜻밖의 말을 했다.

"나도 널 도울게."

나는 너무 고마워서 톰을 와락 껴안았다.

우리는 함께 펠프스 씨 집에 들어갈 궁리를 했다. 톰은 금방 좋은 방법을 생각해 냈다. 자기가 동생 시드 소여 행세를 하겠다는 것이었다. 그건 정말 좋은 생각이었다.

내가 먼저 집으로 들어가고, 톰은 조금 뒤에 들어왔다.

"샐리 이모, 저 시드 소여예요. 폴리 이모한테 졸라서 형을 따라왔어요. 이모가 아주 많이 보고 싶어서요."

톰은 천연덕스럽게 말하면서 나를 향해 윙크를 해 보였다.

"오! 그래. 잘 왔다. 정말 잘 왔어."

샐리 부인은 톰을 껴안고 볼을 비벼 대면서 반가워했다.

그렇게 해서 톰과 나는 펠프스 씨 집에서 함께 지내게 되었다.

며칠 뒤, 톰과 나는 읍내에 나갔다가 놀라운 광경을 보았다. 왕과 공작이 쇠막대에 묶인 채 사람들에게 끌려가는 것이었다. 두 사람의 몸에는 온통 시커먼 오물이 뒤덮여 있어서 흉측한 짐승 같았다. 나는 온몸에 소름이 끼쳤다. 그들은 보나마나 강물에 던져질 게 뻔했다. 아주 나쁜 사기꾼들이긴 했지만 한편으로는 안됐다는 생각이 들었다.

'어쩌다 붙잡혔지?'

나는 멀어져 가는 사람들의 뒷모습을 한동안 물끄러미 바라보았다. 사기꾼들의 최후는 역시나 아주 비참했다.

집에 돌아와서도 나는 어쩐지 기운이 없었다. 내가 방에서 혼자 생각에 잠겨 있는데 톰이 뛰어 들어왔다.

"허크, 짐이 있는 곳을 알아냈어. 좀 전에 하인 하나가 음식을 싸들고 물푸레나무 옆에 있는 오두막으로 가는 걸 봤어. 짐이 거기 붙잡혀 있는 게 분명해."

"정말이야?"

나는 갑자기 기운이 나서 뛰어오르듯이 벌떡 일어났다.

우리는 곧바로 머리를 맞대고 짐을 구출해 낼 작전을 짜기 시작했다. 펠프스 씨가 잠든 뒤에 오두막 열쇠를 훔쳐서 짐을 데리고 달아나는 게 가장 좋은 방법인 것 같았다. 하지만 톰은 그 방법에 반대했다. 너무 간단해서 재미가 없다는 게 이유였다. 나도 톰만큼이나 긴장감 넘치는 모험을 좋아했기 때문에 우리는 다른 방법을 생각해 보기로 했다.

"먼저 오두막에 정말로 짐이 있는지 확인해 보자. 내일 낮에 하인이 점심을 갖다 주러 갈 때 슬쩍 따라가 보는 거야."

톰이 말했다.

이튿날 점심 무렵, 톰과 나는 계획대로 오두막에 가는 하인을 따라나섰다. 우리가 장난을 걸면서 친하게 굴자 하인은 별다른 경계심을 보이지 않고 오두막까지 갔다.

오두막 앞에서 내가 말했다.

"오두막 안에 대체 누가 있는 거야? 우리도 한번 보고 싶어."

"그러세요. 보여 드리죠."

하인은 선뜻 대답하고는 문에 채워진 자물쇠를 열었다.

안에는 정말로 짐이 있었다. 짐은 우리를 보고 좋아서 어쩔 줄 몰라 했다. 우리는 하인을 돌아보면서 짐에게 눈을 찡긋찡긋해 보였다. 하인이 우리 사이를 눈치채지 못하도록 조심하라는 뜻이었다. 짐은 금세 알아듣고 뭔가 말을 하려다 얼른 입을 다물

었다. 짐이 음식을 먹는 동안 하인은 잠깐 밖으로 나갔다.

나는 짐에게 다가가서 조그만 소리로 재빨리 말했다.

"짐, 우리가 구해 줄 테니까 조금만 기다려."

"둘 다 정말 고마워."

짐은 우리 손을 잡고 눈물을 글썽거렸다.

우리는 서로의 눈을 바라보며 힘차게 고개를 끄덕였다.

톰과 나는 오두막으로 돌아오자마자 그럴듯한 작전 계획을 세웠다. 옛날 모험담에서 죄수를 탈옥시킬 때 하던 대로 땅굴을 파서 짐을 구해 내는 것이었다. 그것은 톰이 생각해 낸 방법이었다. 나도 그 멋진 탈출 방법에 대찬성이었다. 우리는 집 옆에 있는 헛간에서부터 오두막까지 땅굴을 파기로 하고, 밤이 될 때까지 기다렸다. 나는 신나는 모험을 하게 되었다는 생각에 마음이 부풀어서 저녁도 먹는 둥 마는 둥 했다.

마침내 식구들이 모두 잠든 한밤중이 되었다. 나는 톰과 함께 식사할 때 쓰는 나이프를 챙겨서 몰래 헛간으로 갔다. 곡괭이 대신 나이프를 쓰자는 것도 톰의 생각이었다.

"감옥에 갇혀 있던 죄수가 탈옥을 하는데 곡괭이처럼 제대로 된 연장을 쓴다는 건 말이 안 되잖아."

톰이 그렇게 말했기 때문에 나도 별수 없이 나이프를 들고 땅을 파기 시작했다. 하지만 밤새 녹초가 되도록 땅을 팠는데도 아침에 보니 일한 표시가 별로 나지 않았다. 내가 혀를 길게 내밀고 한숨을 푹 내쉬자 톰이 싱긋 웃으면서 말했다.

"이렇게 하다간 30년이 걸려도 안 되겠다. 그냥 곡괭이로 파고 나이프로 했다고 치지 뭐."

그때부터는 곡괭이로 땅을 팠다. 그러자 땅굴 파기는 하루가 지날 때마다 눈에 띌 정도로 빠르게 진행되었다.

톰이 온갖 모험담에서 읽은 내용들을 모두 시도해 보려고 했기 때문에 준비해야 할 게 엄청나게 많았다. 죄수가 감옥 벽을 타고 내려갈 때 쓸 밧줄을 만들기 위해 침대보 한 장, 죄수가 갇혀 있는 동안 일기를 쓰기 위한 셔츠, 감옥 벽에 글씨를 새기기 위한 숟가락, 촛대 등 잡다한 물건들을 모두 준비해야 했다. 그것들은 모두 펠프스 씨 집에서 몰래몰래 훔쳐 냈다.

샐리 부인은 집 안에 있는 물건들이 자꾸만 없어진다며 겁에 질려 떨었다. 우리는 식구들이 눈치채지 않도록 최대한 조심하면서 일을 서둘렀다. 그리고 3주일쯤 지났을 때, 톰과 나는 모든 준비를 완벽하게 끝낼 수 있었다.

엉뚱한 결과

펠프스 씨는 짐이 어느 농장에서 도망쳤는지 알아보려고 여기저기에 편지를 보냈다. 펠프스 씨가 편지를 보낸 곳은 대부분 올리언스 근처의 농장들이었다. 하지만 아직까지 어디에서도 답장이 오지 않았다. 짐이 올리언스에서 도망쳐 온 게 아니기 때문에 당연한 일이었다.

"할 수 없군. 지역 신문에다 광고를 내서 주인을 찾아야겠어."

펠프스 씨가 저녁 식사를 하는 자리에서 말했다.

톰과 나는 탈출 계획을 행동으로 옮겨야 할 때가 됐다고 생각했다. 시간을 끌다가 워트슨 부인이 광고를 보고 찾아오면 모든 게 끝이었다. 그 상황에서도 톰은 옛날 모험담을 들먹이며 또다시 엉뚱한 일을 꾸몄다.

"허크, 이제 편지를 보낼 때가 됐어. 모험담에 보면 탈출하기 전에 누군가 탈출 계획을 알아차리고 밀고하는 장면이 나오잖아. 우리도 그대로 해 보자. 며칠 뒤에 큰 사건이 일어난다는 걸 미리 알려 준 뒤에 일을 벌이는 거야. 그러면 사람들이 잔뜩 긴장해서 경계를 하겠지? 좀 위험하긴 하지만 그래야 제대로 된 모험을 즐길 수 있잖아."

"꼭 그렇게까지 해야 해? 그러다 일이 잘못돼서 정말 붙잡히기라도 하면 어쩌려고."

나는 아무래도 불안했다.

"그럼 넌 우리가 지금까지 힘들게 준비해 온 모험을 시시하게 끝내고 싶어?"

톰이 나를 한심하다는 듯 노려보았기 때문에 나는 입을 다물 수밖에 없었다.

그날 밤, 나는 톰이 시키는 대로 여자로 변장을 하고 나가 편지를 대문에 밀어넣었다. 나는 썩 내키지는 않았지만 그 우스꽝스러운 연극을 그럴듯하게 해냈다.

톰이 쓴 편지에는 '곧 큰 사건이 일어날 테니 각별히 조심하시오.'라는 글귀가 쓰여 있었다.

다음 날 밤, 톰은 해골과 뼈 두 개를 엇갈리게 그린 해적 깃발 모양을 현관문에 붙여서 다시 한 번 사람들에게 경계 태세를 갖추라는 신호를 보냈다. 그리고 그 다음 날 밤에는 마지막으로 죽은 사람이 들어 있는 관 모양을 그려서 뒷문에 붙였다.

이쯤 되자 온 집안 식구들은 불안해서 밤잠을 설칠 지경이 되었다. 샐리 부인은 문 소리만 나도 놀라서 벌떡 일어나 소리를 지르곤 했다.

"우리 계획대로 되어 가고 있어."

톰은 만족스러운 웃음을 지었다.

마침내 우리가 일을 벌이기로 한 날이 왔다. 우리는 아침을 먹자마자 강가로 가서 통나무배와 뗏목이 잘 있는지 확인했다. 그리고 땅굴과 오두막 주변도 다시 한 번 꼼꼼하게 살폈다. 준비를 모두 끝낸 다음엔 저녁때까지 강가에서 낚시를 하며 놀다가 집으로 돌아왔다.

집안 식구들은 하나같이 불안에 떨고 있었다. 우리는 아무것도 모르는 척하고 2층 방으로 올라가 잠을 잤다. 톰과 나는 자정 무렵에 일을 거행하기로 하고 그 전에 잠을 좀 자 두기로 했다.

미리 약속한 대로 우리는 11시 반쯤 일어나서 몰래 밖으로 나갔다. 집 안 여기저기에서 마을 사람들이 총을 들고 지키고 있었다. 나는 무서워서 다리가 후들거렸다. 하지만 톰은 진짜 탈옥하는 기분이 난다며 오히려 즐거워했다.

우리는 숨을 죽여 가며 오두막집까지 갔다. 그곳도 마을 사람들 셋이 지키고 있었다. 우리는 땅굴을 통해 짐을 데리고 나온 다음 덩굴 속에 숨어서 때를 기다렸다.

사람들은 오두막집 문에 걸린 자물쇠를 살피느라 우리가 있는 쪽에는 신경을 쓰지 않고 있었다.

"지금이야. 울타리를 넘어서 도망치면 돼. 다들 소리를 내지 않도록 조심해."

톰이 말했다. 우리는 고양이처럼 살금살금 걸어가서 조심스럽게 울타리를 넘었다. 그런데 맨 뒤에서 오던 톰의 바지가 울타리에 걸리는 바람에 큰 소리가 나고 말았다.

"누구냐!"

한 사람이 총을 겨누면서 소리쳤다.

우리는 무작정 뛰기 시작했다. 사람들이 총을 쏘면서 뒤쫓아 왔다. 우리는 나뭇가지에 마구 긁히면서 죽을힘을 다해 통나무배를 숨겨 둔 강가까지 달려갔다. 배를 타고 얼마쯤 노를 저어 갔을 때 멀리서 개 짖는 소리가 들렸다.

우리는 모험이 성공적으로 끝난 게 기뻐서 서로 손을 부딪치

며 환호했다. 그러다 짐이 갑자기 눈을 크게 뜨고 말했다.

"톰, 너 총에 맞았나 봐. 네 다리에서 피가 나. 이 일을 어떡하면 좋지?"

톰의 다리에서는 정말 피가 많이 나고 있었다. 바지가 거의 검붉은 빛으로 물들어 있었다.

"허크, 네가 가서 의사를 데리고 와. 모험담에 나오는 것처럼 눈을 가려서 데리고 와야 해. 그래야 우리가 숨어 있는 곳을 들키지 않잖아."

톰이 상처 때문에 고통스럽게 얼굴을 일그러뜨린 채 말했다. 나는 톰의 지독한 모험심에 혀를 내두를 수밖에 없었다.

"짐, 내가 빨리 가서 의사를 데려올 테니까 넌 톰을 지키고 있다가 의사가 오면 빨리 숲속에 숨도록 해."

나는 짐에게 당부를 하고 마을로 가서 의사를 찾았다.

"제 동생이 자다가 총을 걷어차는 바람에 총알이 튀어나와서 많이 다쳤어요. 같이 좀 가 주세요."

마음 좋아 보이는 할아버지 의사는 내 말을 듣고 몹시 안타까워하면서 곧장 따라나섰다. 강가에 노착한 의사는 내가 타고 온 통나무배를 보고 고개를 흔들며 말했다.

"이 배는 너무 작아서 우리 둘이 같이 타면 위험할 것 같구나. 내가 먼저 이 배를 타고 환자가 있는 데로 갈 테니 너는 여기서 기다리거라."

나는 둘이서도 충분히 탈 수 있다고 우겼지만 의사는 내 말을 듣지 않았다. 할 수 없이 뗏목이 있는 쪽을 일러 주고 혼자 남아서 기다렸다. 톰이 어떤 상태인지 궁금하고 걱정스러워서 심장이 오그라드는 것 같았다. 나는 목을 길게 빼고 깜깜한 강 건너편을 이리저리 살폈다. 그러다 어느새 나도 모르게 잠이 들어 버렸다. 내가 눈을 떴을 때는 벌써 환한 아침이었다.

나는 벌떡 일어나서 주위를 살폈다. 배는 보이지 않았다.

'의사 할아버지가 치료를 끝내고 집으로 돌아갔는지도 몰라.'

나는 그렇게 생각하고 마을 쪽으로 달렸다. 하지만 의사는 집에 없었다. 다시 강가로 달려가다가 다급하게 뛰어오는 펠프스 씨를 만났다. 펠프스 씨는 우리를 찾아다니고 있었다.

"톰, 도대체 어디에 있다가 오는 거냐?"

"간밤에 시드랑 같이 달아난 노예를 찾아다니고 있었어요."

나는 얼떨결에 거짓말을 했다.

"이모가 걱정하고 계시니 빨리 집으로 가거라. 시드는 내가 좀 더 찾아볼 테니 걱정하지 말고."

펠프스 씨는 내 등을 떠밀면서 말했다.

나는 하는 수 없이 집으로 돌아갔다.

펠프스 씨는 아침 식사를 거의 다 차렸을 때 아무런 성과도 없이 돌아왔다. 식구들은 식탁에 둘러앉아 아무 말 없이 식사를 했다.

"참, 당신 언니한테서 편지가 왔는데 내가 깜빡 잊고 있었소."

펠프스 씨가 주머니에서 편지 한 통을 꺼내 주었다. 그 편지를 뜯는 순간, 톰과 내가 꾸민 일이 모두 들통이 날 판이었다. 나는 더 이상 음식을 먹지 못하고 마른침을 꼴깍 삼켰다.

그런데 바로 그때 의사와 짐이 톰을 들것에 싣고 마당으로 들어오는 게 보였다. 식구들은 들고 있던 편지며 포크, 나이프를 팽개치고 정신 없이 달려나갔다. 나는 편지를 재빨리 숨기고 뒤따라 나갔다.

"시드, 무슨 일이니? 선생님, 시드가 죽었나요?"

샐리 부인은 죽은 듯이 누워 있는 톰을 붙잡고 울부짖었다.

그러자 톰이 꿈틀거리면서 고개를 한쪽으로 돌렸다.

"오! 하느님, 감사합니다."

샐리 부인은 톰의 얼굴에 입을 맞추면서 기뻐했다.

의사가 흐뭇한 미소를 지으면서 조용히 말했다.

"여기 있는 흑인이 도와주지 않았으면 이 아이는 살아나지 못했을 거예요. 도망친 노예라고 해서 아주 몹쓸 검둥인 줄로만 생각했는데 전혀 아니더군요. 밤새도록 아이를 어찌나 정성껏 간호하던지 옆에서 보는 내가 마음이 찡할 정도였어요. 다리에 박힌 총알도 이 친구가 도와줘서 무사히 빼냈으니 걱정하지 마세요. 좀 자고 나면 정신을 차리고 깨어날 거예요."

그 말을 듣자 펠프스 씨 부부는 짐을 따뜻한 눈길로 바라보았다.

나는 그들이 더 이상 짐을 위험하거나 나쁜 사람으로 여기지 않게 된 것 같아 기뻤다.

하지만 짐이 도망친 노예라는 것은 변하지 않는 사실이었다. 펠프스 씨는 짐을 다시 오두막집에 가두었다.

나는 이 엉뚱한 모험 결과를 어떻게 해야 할지 몰라 막막하기만 했다.

마지막 이야기

톰은 다음 날 아침이 되어서야 정신을 차리고 깨어났다.

마침 내가 혼자서 곁을 지키고 있을 때였다.

"허크, 어떻게 된 거야? 내가 왜 여기 있지? 뗏목은? 짐은?"

톰은 대답하기도 힘들 만큼 여러 가지를 한꺼번에 물었다.

"아무 걱정 마. 다 잘됐어."

나는 톰을 안심시키려고 그렇게 말했다. 톰은 금세 얼굴이 밝아졌다. 그때 샐리 부인이 들어왔다.

"시드야, 깨어났구나. 괜찮니?"

샐리 부인이 활짝 웃으면서 말했다. 톰은 모든 일이 완전히 끝났다고 생각했는지 샐리 부인에게 그동안 우리가 짐을 탈출시키기 위해서 꾸몄던 일들을 솔직하게 털어놓았다.

"기가 막혀라. 그것도 모르고 온 식구가 몇 날 며칠 동안 무서워서 떨었지 뭐야. 이런 말썽꾸러기들 같으니라고."

샐리 부인은 톰이 무사히 살아난 것만도 다행이라고 여긴 탓에 의외로 크게 화를 내지 않았다.

톰은 샐리 부인을 장난스럽게 올려다보면서 한 마디 더 했다.

"짐이 자유의 몸이 됐으니까 이젠 다 끝났어요. 우리의 모험은 대성공이에요."

"무슨 소리야? 도망친 노예는 다시 오두막에 갇혔는데."

샐리 부인이 톰을 똑바로 보고 말했다.

순간, 톰이 침대에서 벌떡 일어나는 바람에 나는 깜짝 놀랐다. 톰은 손을 내저으면서 다급하게 소리쳤다.

"짐을 가두면 어떻게 해요. 짐은 자유의 몸이란 말이에요. 두 달 전에 짐의 주인인 워트슨 부인이 죽었는데 그때 짐을 해방시켜 준다는 유언을 남겼단 말이에요. 그런데 누구 마음대로 짐을 가둬요?"

그 말에 나는 입이 떡 벌어졌다. 그 사실은 나도 까맣게 모르고 있었던 이야기였다. 샐리 부인두 기가 막히다는 듯 입을 벌리고 있다가 물었다.

"그럼 어째서 그렇게 위험한 짓을 벌이면서까지 그 노예를 탈출시킨 거야? 자유의 몸이 됐다는 걸 알면서도 그런 일을 꾸몄다는 게 말이 되니?"

"그냥 풀어 주면 재미가 없잖아요. 덕분에 우리가 얼마나 재미있는 모험을 했는데요."

톰은 재미있다는 듯 깔깔대고 웃었다.

샐리 부인과 나는 동시에 톰을 노려보았다. 나는 톰에게 주먹이라도 한 방 날리고 싶은 심정이었다.

그때 문이 열리면서 폴리 아주머니가 들어왔다.

"어머나, 언니! 이게 어떻게 된 일이에요?"

샐리 부인은 폴리 아주머니를 얼싸안았다.

그사이 나는 얼른 침대 밑으로 숨었다. 내가 톰이 아니라는 게
밝혀진 뒤에 샐리 부인의 얼굴을 마주할 일이 걱정이었다.

"톰, 넌 왜 누워 있니? 어디 아프기라도 한 거야?"

폴리 아주머니가 얼굴빛이 창백한 톰을 보고 물었다.

"언니, 톰이라니? 얘는 시드잖아."

샐리 부인이 말했다.

폴리 아주머니는 어처구니없다는 얼굴로 톰과 나의 정체를 밝
혀 주었다. 나는 침대 밑에서 나와 멋쩍게 뒷머리를 긁적였다.
폴리 아주머니가 톰과 나를 번갈아 쳐다보면서 기가 막히다는
듯 웃다가 샐리 부인에게 말했다.

"내가 무슨 일이 일어난 줄 알았다니까. 시드는 나랑 집에서
잘 지내고 있는데 갑자기 톰과 시드가 무사히 도착했다면서 네
가 보낸 편지가 왔더구나. 무슨 일인지 궁금해서 내가 곧바로
편지를 보냈는데 답장도 없고 해서 이렇게 달려와 봤지 뭐냐.
역시나 이번에도 이 말썽꾸러기들 짓이었네."

"난 언니가 보낸 편지 못 받았는데?"

샐리 부인이 또다시 눈을 동그랗게 떴다.

"그 편지는 제가 숨겼어요. 사실이 밝혀지면 우리 모험이 시작도 하기 전에 끝나 버리니까요."

톰이 씨익 웃으면서 대꾸했다.

폴리 아주머니가 톰의 머리에 알밤을 한 대 먹이고 나서 다시 말했다.

"그 다음에 내가 편지 한 통을 더 보냈는데 그것도 못 받았니? 내가 이곳으로 떠나면서 편지를 보냈거든."

그것은 내가 감춘 편지가 틀림없었다. 나는 혀를 내밀고 비죽비죽 웃으면서 숨겨 두었던 편지를 가져왔다.

샐리 부인과 폴리 아주머니는 못 말리겠다는 표정으로 마주 보고 고개를 저었다. 나는 톰과 마주 보고 웃었다.

짐은 곧 오두막집에서 풀려 나왔다. 톰도 다시 건강해졌다. 우리 세 사람은 한 자리에 모여서 즐겁게 웃고 떠들었다. 자유의 몸이 된 짐은 어느 때보다 기분이 좋아 보였다.

"톰, 우리가 탈출에 성공했으면 어떻게 할 생각이었어?"

내가 눈을 살짝 흘기면서 묻자 톰은 이렇게 대답했다.

"셋이 함께 뗏목을 타고 강이 끝나는 곳까지 가면서 모험을 즐기려고 했지. 그런 다음에 짐한테 사실을 알려 주고 증기선을 태워서 고향에 보내 줄 생각이었어."

톰은 계획대로 하지 못해서 무척이나 아쉬운 듯했다.

짐은 아무 말 없이 웃기만 했다.

톰은 주머니에서 40달러를 꺼내 짐에게 건넸다. 짐은 놀라서 눈을 커다랗게 떴다.

"우리가 모험을 즐기는 동안 죄수 노릇을 잘해 준 대가야. 나를 잘 간호해 줘서 고맙기도 하고."

"고마워, 톰. 이렇게 큰돈을 가져 보는 건 생전 처음이야. 난 이제 부자가 됐어."

짐은 펄쩍펄쩍 뛰면서 좋아했다.

그 모습을 보니 내 마음까지 흐뭇해졌다.

"허크, 우리 다음엔 인디언 부락으로 여행을 가 보면 어떨까?"

톰이 내 옆구리를 쿡 찌르면서 말했다.

톰과 함께 떠나는 여행이라면 나도 얼마든지 좋았다. 하지만 나는 선뜻 대답할 수가 없었다.

"아마 우리 아버지가 대처 판사님한테서 내 돈을 몽땅 찾아 써 버렸을 거야. 여행할 돈도 없는데 어떻게 너를 따라가겠어?"

나는 맥 빠진 목소리로 말했다.

톰이 손을 내저으면서 말했다.

"네 돈은 그대로 있어. 네가 없어진 뒤에 너희 아버지도 어디론가 떠나서 한 번도 나타나지 않았단 말이야."

그러자 옆에서 조용히 앉아 있던 짐이 끼어들었다.

"허크, 네 아버지는 다시 돌아오지 않을 거야."

짐은 약간 어두운 표정으로 말했다.

나는 짐이 왜 그런 말을 하는지 알 수 없었다. 내가 빤히 쳐다보자 짐은 계속해서 말했다.

"전에 잭슨섬에서 폭풍우가 몰아친 다음 날, 통나무집 한 채가 떠내려왔던 거 기억나지? 그 집 안에 사람이 죽어 있었잖아. 그 사람이 바로 네 아버지였어. 그때 네가 놀랄까 봐 일부러 죽은 사람을 못 보게 했던 거야."

짐은 말을 마치고 쓸쓸하게 웃었다.

이렇게 해서 나의 모험은 완전히 끝이 났다. 그런데 아무래도 곧 새로운 모험을 떠나야 할 것 같은 생각이 든다. 샐리 부인이 나를 양자로 삼아 공부시키겠다는 말을 했기 때문이다. 나는 그 끔찍한 일을 두 번 다시 겪고 싶지 않다. 그렇게 되기 전에 톰이 말한 대로 빨리 인디언 부락으로 떠날 채비를 서둘러야겠다. 🌸

● 이해 능력 Level Up!

1. 더글라스 할머니가 자신을 돌봐 준다고 했을 때, 허크가 싫어한 까 닭은 무엇입니까?

　　1) 더글라스 할머니가 가난해서

　　2) 더글라스 할머니가 나쁜 사람이라서

　　3) 다른 집에 가서 살고 싶어서

　　4) 자유롭게 떠돌아다니는 생활을 잃게 되어서

　　5) 톰과 함께 놀지 못하게 되어서

2. 아래 내용은 허크와 워트슨 부인이 나누는 대화입니다. 내용을 읽은 뒤에 톰에 대한 허크의 마음을 바르게 표현한 답을 찾아보세요.

> "내 친구 톰 소여는 천국에 갈 수 있을까요?"
> 워트슨 부인은 잠깐 생각에 잠겼다가 안타까워하며 대답했다.
> "그런 말썽꾸러기는 천국에 가기 힘들 거야."
> 나는 속으로 안도의 숨을 내쉬었다. 톰 혼자만 천국에 가면 정말 큰일이기 때문이다. 톰과 내가 함께 남는다고 생각하니 갑자기 기분이 좋아져서 나도 모르게 입가에 웃음이 번졌다.

　　1) 워트슨 부인이 톰을 미워해서 기분이 좋았다.

2) 언제나 톰과 함께 놀기를 바라고 있다.

3) 톰 혼자서 천국에 갈까 봐 질투하고 있다.

4) 톰을 자기보다 못된 아이라고 생각하고 있다.

5) 둘 다 천국에 못 간다는 이야기에 슬퍼하고 있다.

3. 이 작품의 시대적 배경을 알려 주는 사람은 누구입니까? 미국의
   역사를 떠올려 보고 답을 찾아보세요.

   1) 왕과 공작   2) 더글라스 할머니

   3) 대처 판사   4) 흑인 노예 짐   5) 톰

4. 아래 글은 아버지에게 숲속으로 납치되어 간 허크의 생각을 적은
   것입니다. 글을 자세히 읽어 보고, 허크의 마음을 바르게 나타낸 답
   을 찾아보세요.

   하루하루 지나면서 나는 숲속 생활에 조금씩 익숙해져 갔다. 더글
   라스 할머니 집에 살 때처럼 누군가의 간섭을 받지 않는 게 무엇보
   다 좋았다. 나는 하루 종일 빈둥거리거나 낚시질을 했고, 담배도 마
   음대로 피웠다. 학교에 가지 않고, 공부나 숙제에 신경 쓰지 않는
   것도 편하고 즐거웠다. 두 달쯤 지나자 오히려 더글라스 할머니 집
   에서 지내던 때가 끔찍하게 여겨질 정도였다.

   1) 서서히 아버지가 맘에 들기 시작했다.

   2) 자유롭게 떠돌기 좋아하는 허크의 본성이 나타나고 있다.

   3) 정말로 더글라스 할머니를 증오하고 있다.

   4) 어떻게 되든 상관없다고 체념하고 있다.

   5) 학교에서 해방시켜 준 아버지한테 고마워하고 있다.

5. 아버지는 왜 허크를 찾아왔습니까? 아래 글을 잘 읽고, 알맞은 답을 골라 보세요.

아버지는 한참 동안 나를 노려보다가 다시 입을 열었다.
"뻔뻔한 놈! 소문에 네놈이 꽤 많은 돈을 챙겼다던데, 얼마나 되는 게냐? 그런 일이 있으면 당장 애비한테 알려야지, 입을 싹 닦고 있어?"
"도, 돈이라뇨? 전 모르는 일이에요."

　　1) 더글라스 할머니를 못 믿어서
　　2) 대처 판사가 허크의 돈을 떼먹을까 봐 걱정되어서
　　3) 허크를 도시로 데려가 공부를 시키려고
　　4) 허크의 돈을 강제로 **빼앗으려고**
　　5) 지난날을 반성하고 좋은 아버지가 되려고

6. 허크가 아버지의 통나무집에서 도망치는 데 결정적으로 도움을 준 물건은 무엇입니까?

　　1) 도끼　　　　　　　　2) 권총
　　3) 삽　　　　　　　　　4) 녹슨 톱
　　5) 망치

7. 잭슨섬에서 허크를 만난 짐은 아래 글과 같은 행동을 합니다. 내용을 천천히 읽어 보고, 답을 고르세요.

정신을 차린 짐은 갑자기 바닥에 납작 엎드리더니 손을 모아 싹싹 빌기 시작했다. 나는 놀라서 눈을 크게 떴다.

"허크 귀신이시여, 제발 저를 살려 주세요. 저는 귀신들을 괴롭힌 적이 없어요. 아무리 죽어서 귀신이 되었다고 해도 한집에 살던 사람을 몰라보시지는 않겠지요?"

1) 짐이 허크를 골려 주고 있다.

2) 흑인인 짐은 백인 아이인 허크를 두려워한다.

3) 허크의 속임수에 모두가 속아 넘어간 것이다.

4) 짐과 허크는 평소에 귀신놀이를 즐긴다.

5) 섬에서 혼자 사느라 허크의 몰골이 귀신 같았다.

8. 짐은 왜 갑자기 도망자가 되었습니까? 아래 글을 잘 읽고, 답해 보세요.

"워트슨 부인이 나를 다른 곳에 팔아 버리려고 했어. 더글라스 할머니는 반대했는데 워트슨 부인이 800달러나 받을 수 있다면서 당장 팔겠다는 거야. 워트슨 부인이 내 주인이니 나를 마음대로 팔 수 있잖아. 그때 마침 마을에 노예 상인이 와서 난 급하게 도망을 칠 수밖에 없었어. 네가 살해당했다고 마을이 발칵 뒤집힌 날 밤이었지. 사람들이 너 때문에 정신 없이 몰려간 틈에 몰래 빠져나와 이곳으로 온 거야."

1) 허크의 아버지를 죽였기 때문에

2) 워트슨 부인을 때려서

3) 게으름을 너무 피워서

4) 다른 곳으로 팔려 가기 싫어서

5) 빚쟁이가 되어서

9. 짐과 자신에 대한 소문을 알아내려고 마을로 숨어들 때 허크는 어떤 방법을 썼습니까?

1) 긴 치마에 챙이 넓은 모자를 써서 여자로 변장을 했다.

2) 거지로 변장을 했다.

3) 수염을 붙여서 노인으로 변장했다.

4) 바보 흉내를 내서 마을 사람들을 속였다.

5) 듣지 못하고 말하지 못하는 사람을 흉내 내서 속였다.

10. 흑인을 잡으러 다니는 사람들이 뗏목을 수색하려고 했을 때 짐을 위해 허크가 둘러댄 거짓말은 무엇이었습니까? 아래 글을 읽고, 답하세요.

> 두 사람은 뭐라고 귓속말을 주고받더니 얼른 뱃머리를 돌려서 황급히 노를 젓기 시작했다.
> "얘기를 들어 보니 네 아버지는 천연두가 틀림없구나. 그렇게 무서운 전염병을 앓고 있는 사람과 같이 있으면 안 돼. 다른 사람들한테 옮기기 전에 빨리 먼 곳으로 가거라."

1) 뗏목에 독감에 걸린 아버지가 있다고 말했다.

2) 콜레라에 걸린 동생과 함께 있다고 거짓말했다.

3) 나병에 걸린 환자와 함께 있으니 도와 달라고 했다.

4) 자신이 암에 걸렸다고 둘러댔다.

5) 천연두 증상을 이야기해서 사람들이 겁먹고 돌아가게 했다.

11. 아래 글을 읽고, 허크와 짐의 뗏목에 올라탄 낯선 남자들이 어떤 사람들인지 답해 보세요.

나는 왕과 공작 사이에 어색하고 불편한 분위기가 사라진 게 무엇보다 기뻤다. 귀한 신분의 사람들과 가까이 지내게 된 것도 대단한 행운이라고 여겼다. 하지만 짐과 나는 얼마 지나지 않아 그들이 지독한 허풍쟁이에다 사기꾼일 뿐이라는 사실을 확실히 알게 되었다. 그들이 매번 다른 이야기를 했기 때문이다. 그들은 자신들이 밝힌 신분에 관한 이야기도 금세 잊어버렸는지 전혀 다른 말로 둘러대곤 했다.

1) 간첩   2) 사기꾼   3) 사업가

4) 정치가   5) 도망다니는 왕족

12. 왕이 뗏목에 오른 청년에게 죽은 피터 윌크스에 대해 꼬치꼬치 캐물은 까닭은 무엇입니까?

1) 죽은 사람이 불쌍해서

2) 뗏목을 오래 타고 다녔더니 심심해서

3) 거짓 형제 노릇을 할 때 써먹으려고

4) 청년의 말이 사실인지 알아보려고

5) 연극할 때 소재로 쓰려고

13. 왕과 공작이 피터 윌크스 집으로 갈 때 허크는 어느 나라에서 살
    다온 소년 노릇을 해야 했습니까?

    1) 독일   2) 에스파냐   3) 브라질
    4) 영국   5) 멕시코

14. 왕과 공작은 피터 윌크스의 집에 모인 사람들에게 아래와 같이 말
    합니다. 그들의 진짜 속셈은 무엇이었습니까? 알맞은 답을 골라
    보세요.

    > 왕과 공작은 금화 자루를 들고 올라가서 사
    > 람들 앞에 내놓았다.
    > "여러분, 저와 윌리엄은 이 돈을 조카들에게
    > 모두 주기로 했습니다. 피터 형님이 저희들
    > 몫으로 반을 남기셨지만 불쌍한 조카들에게
    > 기꺼이 양보할 생각입니다. 가엾은 아이들이
    > 편안하게 살아야 하니까요."

    1) 사람들 앞에서 멋있게 보이려고
    2) 안심시킨 뒤에 몽땅 챙겨서 달아나려고
    3) 돈에 대한 욕심이 사라져서
    4) 착한 허크를 기쁘게 해 주려고
    5) 아이들이 정말로 불쌍해서

15. 허크는 왕과 공작이 챙겨 둔 금화 자루를 몰래 가지고 나와 어디
    에 숨길지 고민합니다. 아래 글을 읽고, 허크가 돈 자루를 어디에

다 숨겼는지 알맞은 답을 고르세요.

> 나는 얼른 금화 자루를 시신의 팔 밑에 넣었다. 무서워서 손이 덜덜 떨렸다. 시신의 차가운 느낌이 손에 닿았을 땐 하마터면 소리를 지를 뻔했다.

1) 관 속   2) 천장   3) 항아리
4) 구덩이   5) 쓰레기통

16. 왕과 공작이 피터 윌크스의 장례식이 끝난 뒤에도 곧장 떠나지 않고 미적거린 까닭은 무엇입니까?

1) 떠돌이 생활을 청산하려고
2) 나머지 재산까지 모두 챙기려고
3) 아이들을 다 데리고 떠나려고
4) 허크와 짐이 귀찮아져서
5) 메리 제인과 결혼하고 싶어서

17. 허크는 메리 제인에게 왕과 공작이 저지른 일들을 솔직히 고백한 뒤에 아래와 같이 말합니다. 바르게 설명한 답을 찾아보세요.

> "아무래도 안 되겠어요. 아가씨, 오늘은 가짜 삼촌들과 얼굴을 마주하지 말고 피해 있도록 하세요. 밤중까지 머물 만한 이웃집이 있나요? 거기 가 계시는 동안 제가 마을을 빠져나 갈게요. 그러면 밤에 돌아와서 마을 사람들에게 얘기해서 사기꾼들을 잡도록 하세요."

1) 혼자 도망치려는 허크는 의리가 없다.

2) 허크는 메리에게 잘 보이려고 애쓰고 있다.

3) 메리를 안심시킨 뒤에 자기가 금화를 챙기려 한다.

4) 메리가 없는 사이 왕과 공작과 함께 도망가려 한다.

5) 순진한 메리가 걱정되어서 진심으로 돕고 있다.

18. 짐을 사일러스 펠프스 씨한테 팔아넘긴 사람은 누구입니까?

    1) 왕   2) 공작   3) 메리 제인

    4) 로빈슨   5) 허크

19. 펠프스 씨의 부인인 샐리 이모는 짐을 구하러 간 허크를 반갑게 맞이해 줍니다. 게다가 아래의 내용처럼 허크가 깜짝 놀랄 말을 합니다. 글에 나타난 허크의 생각은 무엇일까요?

> "여보, 애가 바로 톰 소여예요. 제 조카 톰 소여가 드디어 도착했다고요."
> 그 말에 나는 기절할 듯 놀랐다. 그들이 기다리고 있던 사람이 바로 나랑 가장 친한 톰이라는 건 정말 기막힌 우연이었다. 펠프스 씨는 내 손을 잡고 아래위로 흔들면서 반가워했다.
> '좋아. 톰 소여 역할이라면 얼마든지 할 수 있지. 여기서 톰 소여로 지내면서 짐을 찾아봐야겠다.'

1) 신나는 일을 찾은 기분이다.

2) 펠프스 씨를 바보처럼 여긴다.

3) 자기를 톰으로 착각해서 기분 나쁘다.

4) 진짜 톰처럼 행동할 수 있으니 짐을 찾기도 쉽겠다.

5) 펠프스 부인이 자기를 알아볼까 봐 겁을 낸다.

20. 펠프스 씨 집에 나중에 나타난 톰은 어떤 역할을 하며 허크를 도
    왔습니까? 아래 글을 읽고, 답하세요.

> 내가 먼저 집으로 들어가고, 톰은 조금 뒤에 들어왔다.
> "샐리 이모, 저 시드 소여예요. 폴리 이모한테 졸라서 형을 따라왔어
> 요. 이모가 아주 많이 보고 싶어서요."

1) 톰의 친구   2) 사촌형   3) 시드 소여(톰의 동생)
4) 삼촌   5) 심부름꾼

21. 짐이 자유의 몸이 되는 데 결정적 역할을 한 것은 무엇입니까?

1) 금화   2) 구출 작전   3) 펠프스 씨
4) 편지   5) 워트슨 부인의 유언

22. 아래 글을 읽고, 폴리 아주머니가 동생 샐리 부인 십으로 달려온
    까닭이 무엇인지 답하세요.

> "내가 무슨 일이 일어난 줄 알았다니까. 시드는 나랑 집에서 잘 지내고
> 있는데 갑자기 톰과 시드가 무사히 도착했다면서 네가 보낸 편지가 왔
> 더구나. 무슨 일인지 궁금해서 내가 곧바로 편지를 보냈는데 답장도
> 없고 해서 이렇게 달려와 봤지 뭐냐."

1) 톰과 시드가 보고 싶어서
2) 짐이 해방되었다는 소식을 직접 전해 주려고
3) 동생 부부를 본 지가 오래 되어서

4) 톰만 보냈는데 톰과 시드가 도착했다는 편지를 받고

5) 허크를 아버지에게 데려다 주려고

※ 아래 글을 읽고, 질문에 답하세요. (23~25)

"난 언니가 보낸 편지 못 받았는데?"
샐리 부인이 또다시 눈을 동그랗게 떴다.
"그 편지는 제가 숨겼어요. 사실이 밝혀지면
우리 모험이 시작도 하기 전에
끝나 버리니까요."
톰이 씨익 웃으면서
대꾸했다.
폴리 아주머니가 톰의
머리에 알밤을 한 대 먹이고 나서 다시 말했다.
"그 다음에 내가 편지 한 통을 더 보냈는데 그것도 못 받았니? 내가 이
곳으로 떠나면서 편지를 보냈거든."
그것은 내가 감춘 편지가 틀림없었다.

23. 샐리 부인이 놀란 이유는 무엇인가요?

    1) 편지를 받지 못해서   2) 언니가 많이 늙어서

    3) 톰이 다쳐서   4) 언니가 아픈 톰을 때려서

    5) 허크가 갑자기 소리를 질러서

24. 폴리 아주머니가 보낸 편지는 모두 몇 통이었나요?

    1) 한 통   2) 두 통   3) 세 통

    4) 네 통   5) 한 통도 보내지 않았다.

25. 톰과 허크가 폴리 아주머니의 편지를 숨긴 이유는 무엇이었나요?

    1) 폴리 아주머니가 놀라는 모습을 보려고

    2) 짐의 구출 작전을 좀 더 그럴듯하게 보이게 하려고

    3) 사실이 밝혀지면 모험을 하지 못할까 봐

    4) 폴리 아주머니를 이모 집으로 오게 하려고

    5) 짐을 풀어 달라고 떼를 쓰려고

● 논리 능력 Level Up!

1. 허크와 톰은『톰 소여의 모험』마지막 부분에서 도둑들이 동굴에 숨겨 둔 금화를 찾아서 큰 부자가 되었습니다. 허크와 톰은 그 많은 돈을 어떻게 했나요?

2. 아래 글을 읽고, 허크가 자기 아버지에 대해 어떻게 생각하고 있는
  지 써 보세요.

'하느님, 제가 아버지와 영원히 만나지 않게 해 주세요.'
나는 아버지가 정말 무섭고 싫었다. 아버지는 언제나 험악한 얼굴로
나에게 욕설을 퍼부었고, 술을 마시면 닥치는 대로 살림을 부수고 나
를 심하게 때렸다. 나는 아버지와 함께 있는 시간이 세상에서 가장 고
통스러웠다.

3. 허크와 톰은 마을 아이들을 모아 어떤 조직을 만들었습니까? 아래
   글을 읽고, 알맞은 답을 써 보세요.

> "허크, 지난번에 내가 숲에 찾아갔을 때 산적놀이를 하자고 했던 거 기
> 억나지? 오늘 밤에 모두 모여서 산적단을 조직하기로 했어. 다들 기다
> 리고 있으니까 빨리 가자."
> "좋았어."

4. 아래 글을 읽고, 허크가 아버지의 오두막집에서 도망칠 때 어떤 속
   임수를 썼는지, 그리고 왜 그렇게 했는지 써 보세요.

> 나는 밖에서 누군가 침입한 것처럼 보이도록 일부러 도끼로 문을 때려
> 부수고 멧돼지 피를 사방에 뿌렸다. 그리고 자루에 돌을 잔뜩 집어넣
> 어 질질 끌고 가서 강물에 던졌다. 내가 누군가에게 끌려간 것처럼 보
> 이게 하기 위해서였다. (중략)
> "이렇게 해 두면 도둑이 침입해서 나를 해치운 다음 옥수수 자루를 훔
> 쳐서 이쪽으로 달아난 것처럼 보이겠지!"

5. 허크를 살해한 혐의로 허크의 아버지와 짐에게 현상금이 걸렸습니다. 그 이유는 무엇입니까?

6. 아래 글을 읽고, 허크가 짐과 머나먼 모험을 떠나기로 마음먹은 이유를 말해 보세요.

나는 도망자 신세가 된 짐이 조금 가여웠다. 노예들은 가축처럼 여기저기 팔려 다니니 무척 속상하겠다는 생각도 들었다. 도망친 노예를 숨겨 주면 벌을 받게 되어 있었지만 나는 짐을 신고하고 싶은 생각이 전혀 없었다. 짐은 노예였지만 내 친구이기도 했기 때문이다.

7. 허크는 짐을 흑인들이 자유롭게 살 수 있다는 카이로로 데려다 주기로 마음먹었습니다. 그러나 더글라스 할머니와 워트슨 부인에게 미안한 생각을 가지게 되는데, 그 까닭은 무엇이었습니까?

하지만 더글라스 할머니와 워트슨 부인을 생각하면 마음이 무거웠다.
'별로 마음에 들진 않았지만 그분들은 아무 대가도 바라지 않고 나를 돌봐 줬는데……. 내가 짐과 한편이 되어서 도망을 돕고 있는 걸 알면 무척 실망할 거야.'

8. 아래 글은 나중에 '왕'과 '공작' 노릇을 하는 두 남자가 갑자기 나타나서 통나무배를 태워 달라고 했을 때 허크가 한 말입니다. 내용으로 보아 허크를 어떤 아이라고 말할 수 있을까요?

> "사냥개가 냄새를 맡고 우리 배를 찾아낼 거예요. 그러니 강 위쪽으로 올라가서 이곳까지 헤엄을 쳐서 오세요. 개들은 그쪽에서 당신들을 찾다가 냄새를 놓치고 포기할 거예요."

9. 공작이 낮에도 뗏목을 띄울 수 있는 방법을 생각해 냈습니다. 아래 글을 읽고, 그 방법이 무엇인지 써 보세요.

> "이젠 낮에도 얼마든지 뗏목을 타고 다닐 수 있어. 사람들이 의심하면 이 광고지를 보이면서 짐을 붙잡아 주인에게 현상금을 타러 가는 길이라고 하면 돼."

10. 톰이 도망을 치다가 다리에 총을 맞았을 때 끝까지 간호를 해 준 사람은 누구였으며, 어떤 일들을 했습니까? 아래 글을 읽고, 답을 써 보세요.

> "여기 있는 흑인이 도와주지 않았으면 이 아이는 살아나지 못했을 거예요. 도망친 노예라고 해서 아주 몹쓸 검둥인 줄로만 생각했는데 전혀 아니더군요. 밤새도록 아이를 어찌나 정성껏 간호하던지 옆에서 보는 내가 마음이 찡할 정도였어요. 다리에 박힌 총알도 이 친구가 도와줘서 무사히 빼냈으니 걱정하지 마세요. 좀 자고 나면 정신을 차리고 깨어날 거예요."

11. 허크의 모험 가운데 가장 보람 있는 일은 무엇이었나요?

12. 로빈슨 선생과 벨 변호사는 '진짜 피터 윌크스'와 '가짜 피터 윌크스'를 가려 내려고 어떤 방법을 썼습니까?

13. 톰은 짐이 자유의 몸이라는 것을 이미 알고 있었습니다. 하지만 허크의 계획을 돕기로 하고 위험한 '짐 구출 작전'을 펼칩니다. 톰이 그렇게 한 까닭을 아래 글에서 찾아 써 보세요.

> "그럼 어째서 그렇게 위험한 짓을 벌이면서까지 그 노예를 탈출시킨 거야? 자유의 몸이 됐다는 걸 알면서도 그런 일을 꾸몄다는 게 말이 되니?"
> "그냥 풀어 주면 재미가 없잖아요. 덕분에 우리가 얼마나 재미있는 모험을 했는데요."

● 논술 능력 Level Up!

1. 더글라스 할머니와 대처 판사님이 허크의 아버지를 상대로 소송을
   했을 때 담당 판사는 아래과 같이 판결을 내립니다. 이 판결에 대한
   자신의 의견을 써 보세요.

> "아무리 문제가 많은 아버지라도 자기 자
> 식과 떼어 놓는 건 좋지 않은 일입니다. 누
> 구도 아버지에게서 자식을 빼앗을 권리는
> 없지요."

2. 짐은 떠내려온 오두막에 죽어 있던 사나이가 허크의 아버지인 줄
   이미 알고 있었습니다. 그런데도 왜 허크에게 알려 주지 않았을까
   요. 짐의 행동에 대해 여러분은 어떻게 생각하나요?

3. 허크는 어쩔 수 없이 왕과 공작을 따라서 여기저기를 다니게 되었습니다. 그러면서 보통의 어린이들이 겪을 수 없는 많은 일들을 겪었습니다. 다른 아이들이 학교에서 공부를 하고 있을 시간에 허크가 학교 밖에서 겪은 일들은 어떤 가치가 있다고 생각합니까?

4. 아래 글에 나타난 허크의 마음씨는 어떤가요? 그리고 그렇게 지긋지긋하게 생각하던 왕과 공작의 처지를 안타까워하는 까닭은 무엇일까요?

> 며칠 뒤, 톰과 나는 읍내에 나갔다가 놀라운 광경을 보았다. 왕과 공작이 쇠막대에 묶인 채 사람들에게 끌려가는 것이었다. 두 사람의 몸에는 온통 시커먼 오물이 뒤덮여 있어서 흉측한 짐승 같았다. 나는 온몸에 소름이 끼쳤다. 그들은 보나마나 강물에 던져질 게 뻔했다. 아주 나쁜 사기꾼들이긴 했지만 한편으로는 안됐다는 생각이 들었다.

5. 아래 글은 허크가 펠프스 씨 부부를 속이고 자신이 마치 톰인 것처럼 행동하는 부분입니다. 글을 읽고, 허크의 행동에 대해 어떻게 생각하는지 적어 보세요.

나는 그때부터 능청스럽게 톰 노릇을 했다. 펠프스 씨 부부는 톰의 가족들에 관해서 이것저것 물었다. 나는 조금도 당황하지 않고 대답해 주었다. 톰 노릇은 제법 재미있는 놀이였다. 하지만 얼마 뒤, 멀리서 증기선 들어오는 소리가 들렸을 때 나는 가슴이 덜컥 내려앉았다. 진짜 톰이 들이닥쳐  서 일이 복잡해지면 큰일이었다. 나는 동네 구경을 다녀오겠다고 말하고서 급히 짐마차를 타고 밖으로 나갔다.

6. 주인공 허크가 톰과 짐이라는 친구들과 함께 모험을 끝낸 뒤에 깨달은 게 있다면 무엇일까요? 허크의 입장이 되어 생각해 보고, 세 가지만 간추려 써 보세요.

 풀이

이해 능력 Level Up!

1. 4)	2. 2)	3. 4)	4. 2)	5. 4)
6. 4)	7. 3)	8. 4)	9. 1)	10. 5)
11. 2)	12. 3)	13. 4)	14. 2)	15. 1)
16. 2)	17. 5)	18. 1)	19. 4)	20. 3)
21. 5)	22. 4)	23. 1)	24. 2)	25. 3)

논리 능력 Level Up!

1. 마을에서 가장 믿음직한 대처 판사님에게 돈을 맡겨 두고 이자를 받기로 합니다.

2. 늘 험악한 얼굴로 욕설을 퍼붓고 술만 마시면 살림을 부수고 자신을 때리는 아버지를 무서워합니다. 아버지를 만나지 않게 해 달라고 기도를 할 정도로 아버지와 있는 시간이 고통스럽다고 느끼고 있습니다.

3. 산적단

4. 밖에서 누군가 침입해서 자기를 끌고 간 것처럼 보이게 하려고 도끼로 문을 부수고 사방에 멧돼지 피를 뿌렸습니다.

5. 허크가 쓴 속임수가 완벽한데다 공교롭게 허크가 사라진 시기와 짐이 도망을 친 시기가 비슷했기 때문입니다. 또 허크의 아버지는 워낙

난폭했기 때문에 아버지와 짐에게 모두 현상금을 걸게 된 것입니다.

6. 가축처럼 여기저기 팔려 다니는 노예 신세가 가여웠으며, 짐은 노예이기도 하지만 자신의 친구이기도 했기 때문입니다.

7. 더글라스 할머니와 워트슨 부인은 아무 대가도 바라지 않고 자신을 돌봐 주었는데, 자기는 그 집안의 재산인 노예의 도망을 돕고 있었으므로.

8. 다급한 순간에도 당황하지 않고 매우 침착하며, 지혜가 뛰어난 아이입니다.

9. 짐의 인상착의와 현상금이 적힌 광고지를 만들어서, 의심하는 사람들에게 그것을 보여 주고 노예를 붙잡아 현상금을 타러 가는 길이라고 이야기하자는 것이었습니다.

10. 짐이었습니다. 짐은 밤새도록 정성껏 톰을 간호했으며, 의사 선생님을 도와 다리에 박힌 총알을 꺼냈습니다.

11. 짐이 자유의 몸이 되도록 도와준 것입니다.

12. 사인을 하게 해서 필체를 확인해 보았습니다.

13. 재미없게 그냥 풀어 주는 것보다 짐을 핑계로 신나는 모험을 펼치고 싶었기 때문입니다.

논술 능력 Level Up!

1. 예시 : 허크의 아버지처럼 너무나 폭력적인 경우에는 오히려 법으로 자식을 보호할 방법을 찾는 게 더 바람직하다고 생각합니다. 자기가

낳은 자식이라고 해서 부모 마음대로 욕설을 퍼붓는다거나, 때린다거나 학교에도 다니지 못하게 해서 배움의 기회마저 빼앗는다는 것은 정말 있을 수 없는 일 아닐까요? 허크의 경우에는 외딴 오두막집에 감금까지 당했고 목숨을 잃을 수도 있었기 때문에 더욱 아버지와 떼어 놓아야 한다고 생각합니다.

2. 예시 : 짐은 속이 깊은 사람이라고 생각합니다. 아무리 미운 아버지일지라도 총에 맞아 죽은 모습은 허크에게 평생 지울 수 없는 상처를 남길 수 있었을 것입니다. 따라서 아버지의 죽음을 숨긴 짐의 행동은 매우 현명해 보입니다.

3. 예시 : 학교에서 배우는 공부도 매우 중요합니다. 그렇지만 허크가 겪은 여러 가지 일들도 세상을 살아가는 데 있어 소중한 지혜가 될 것입니다. 한 마디로 허크는 어린 나이에 세상의 밝은 면과 어두운 면을 선명하게 깨닫는 소중한 경험을 했다고 봅니다.

4. 예시 : 왕과 공작은 나쁜 짓만 일삼았으니 벌을 받는 게 당연합니다. 하지만 허크는 죄는 미워하지만 인간은 미워할 수 없다는 생각을 하고 있습니다. 왕과 공작처럼 길을 잘못 들어서서 평생 세상의 어두운 곳에서 나쁜 짓만 일삼다가 비참하게 죽음을 맞이하게 된 사람들을 안타까워하고 있습니다.

5. 예시 : 거짓말이 나쁘다는 것은 누구나 아는 사실입니다. 하지만 허크가 거짓말을 하게 된 동기를 볼 때 나쁘다고만 할 순 없을 것 같습니다. 오히려 그러한 상황을 이롭게 활용한 지혜와 용기는 칭찬해

주고 싶을 정도입니다. 그런데 거짓말은 거짓말을 낳는다는 점, 가족인 것처럼 속였다는 점, 나중에는 재미를 느꼈다는 점에 대해서는 생각해 볼 여지가 있을 듯합니다. 나중에 벌어질 일을 생각해 보고, 톰의 행방을 걱정할 가족의 마음을 생각해 보는 신중함이 있었더라면 더욱 좋았을 것이라고 생각합니다.

6. 예시 : 첫째는 자신이 스스로 정한 목표를 이루었으며, 그것을 통해 진정한 행복을 깨달았다는 점입니다. 목표 가운데서 가장 의미 있는 일은 짐을 자유롭게 해 주려고 노력했던 점이라고 생각합니다. 그리고 둘째는 위급한 순간에도 침착하게 지혜를 발휘한 것입니다. 허크는 여러 차례에 걸쳐 위기를 맞았으며, 그것을 재치 있게 해결해 나갔습니다. 마지막으로 온갖 험한 일들이 일어나는 세상을 일찍 경험함으로써 스스로 헤쳐 나갈 힘과 지혜, 용기를 길렀다는 점입니다.

초등권장 도서 **세계 명작** 시리즈